세 분의
어머니

수필가 권병애의 신앙고백

세 분의
어머니

권병애 지음

모바일북

침묵 속에서 환한 빛으로 맞아주시는 우리 주 예수님, 오늘도 저는 성체 앞에 나아가 주님을 뵈었습니다. 변함없이 아무 말씀이 없으시지만 주님께서는 늘 성체 안에 계시기에 저는 망설임 없이 당신 앞으로 나갈 수 있습니다. 오히려 저는 주님께서 침묵으로 맞이해 주는 것이 좋습니다. 제 마음을 진정시키며 침묵 속에 앉아 있노라면 어느새 깊은 평화에 잠기곤 합니다. 가끔은 저도 모르게 졸고 있는 자신을 발견하기도 하고 때로는 분심 속에서 시간 가는 줄 모르며 지나기도 하지만 성체 앞에 그냥 앉아 있기만 하여도 섬광과도 같이 당신의 현존을 느끼곤 합니다.

요즘엔 주님께서 인간의 모습으로 우리 가운데 계시는 느낌입니다. 마치 예수님께서 나자렛에서 우리 곁에 사시던 것처럼 느껴집니다. 아! 이 얼마나 큰 은혜입니까. 주님, 계속해서 저에게 현존의 은혜를 내려 주십시오. 때때로 주님의 현존을 체험하지 못할지라도 그렇게 믿고 살아가는 믿음의 지혜를 내려주십시오. 성체 안에 살아계시는 예수님, 제 안에 살아계시는 예수님,
매 순간 당신을 경배하며 살고 싶습니다. 당신을 영원히 사랑하며 경배하고 싶습니다.

하루하루를 하늘마음으로, 항상 같은 마음으로 살아가기를 희망하면서 신앙의 작은 생각을 모아 '세 분의 어머니'를 출간합니다. 이 시대를 살아가는 모든 이에게 평화가 가득하기를 빕니다.

2021년 정월 초하루 별내동에서
권병애

차례

제2부 : 세 분의 어머니

제3부 : 세월에 삶을 싣고

제4부 : 내 삶의 일기

01

내 이름은 할머니

3월의 아픔

우리는 일상 속에서 많은 것을 경험하면서 살아간다. 무엇인가를 찾아 즐거워하고 찾지 못해 불안해하기도 한다. 그러면서 우리는 믿음의 삶을 희망으로 이어간다. 작금의 세계는 코로나19로 혼란에 빠졌다. 나는 전염병이 돌기 시작할 때만해도 3월 중순에는 일상생활로 돌아가겠지 하고 생각했다. 이처럼 전 세계가 혼란을 겪고 많은 사상자가 생기고 오랜 시간이 걸릴 것을 상상하지 못했다. 예상치 못했던 일이었지만 곧 지나가겠지 하는 가벼운 마음이었다. 어느 때는 주님께서 사람들이 밤낮 없이 자기 일에만 몰두하고 이기적으로 살아가는 우리를 깨우쳐 주시기 위해 시련을 주시는 것이 아닌가 생각하기도 했다. 각자가 성찰하는 시간과 여유로운 마음으로 천천히 살아가라고 기회를 주시는가 했다. 하지만 3월이 다 가고 4월이 왔음에도 진정의 기미는 안 보이고 확진자와 사상자가 더 확산되면서 참담함을 절실히 느낀다.

나는 오늘도 주님께 기도를 올린다. '저희의 잘못된 습관을 용서하시고 지금 이 바이러스19로부터 벗어날 수 있도록 은혜를 내려주십시오.' 마스크 밖의 이웃도 친구도 형제도 경계의 대상이 되어 갇혀 있으면서 단조로웠던 지난날의 일상생활이 얼마나 소중하고 고귀한 생활이었음을 이제야 깨닫는다. 나 어렸을 때는 홍역이 공포였고 콜레라와 같은 전염병이 돌기도 했지만 전 세계가 이토록 많은 사상자를 내고 가혹했던 때는 없었던 것 같다.

어제는 베드로대성전 기도 광경을 TV로 보면서 가슴이 너무 아팠다. 보통 때 같으면 기도 시간이 되면 추기경님께서 주교님을 대동하고 광장에서 수많은 신자를 대상으로 미사를 드렸었는데, 비 오는 광장을 교황님께서 제단까지 혼자 걸어가시는 모습을 보고 너무 안타까운 생각이 들었다. 십자가 앞에서 기도드리시며 눈물을 흘리신다는 자막을 읽으며 나도 목이 메고 눈물이 나서 한동안 고상苦像을 올려다보며 멍한 상태로 앉아 있다가 화살기도를 드렸다. '주님, 이 시련이 언제까지 입니까. 저희를 불쌍히 여기시고 가련히 보시어 여기서 멈추어 주시고 평화를 주소서, 간절히 청원 드립니다.' 나의 기도는 계속되었다.

나는 지난날이 얼마나 아름답고 평화로운 생활이었는지 그리움이 되어 나를 일깨워준다. 우리 모두는 지금 힘들고 어렵더라도 참고 지혜롭게 견디며 희망을 갖고 내일을 향해 나아갔으면 하는 바람이다. 성모님께 묵주기도 드리면서 코로나19가 빨리 종식되어 더 이상 희생자가 없게 주님께 전구해 주시기를 간절히 간구한다. 희망을 안고 성모님의 자애로우심을 믿고 의탁하면서 청원을 드린다. 힘들 때만 찾아오는 저희를 책망하지 마시고 기꺼이 받아주시어 저희들의 기도 들어 달라고 간절하게 소망해 본다.

경매가 준 교훈

예술품 수집가로 소문난 부자父子가 살고 있었다. 부자는 전 세계를 돌아다니며 예술품을 수집했다. 예술품 중에는 모파상, 고갱 등의 진품도 있었다. 그러다 아들이 징집되어 전장에 나가게 되었다. 그 후로 부자의 예술품 수집은 중단되었다. 입대 후 얼마 되지 않아 아들이 전사했다는 비보를 받았다. 그 전보에는 이런 글이 적혀있었다.

"위안이 되실지 모르지만 귀하의 아드님은 다른 이의 목숨을 구하려다 전사했음을 알려 드립니다."

그 다른 이는 후에 그 아들의 초상화를 그려 그의 아버지에게 전했다. 예술적 가치는 전혀 없는 것이었지만 자기 아들임을 알아볼 수는 있었다. 훗날 아버지는 그동안 수집한 훌륭한 예술품을 남기고 세상을 떠났다. 그는 유언장에 자신의 수집품을 경매를 통해 처분해 달라고 했다. 그리고 그에 대한 다른 구체적인 지시를 남겼다.

경매인은 아마추어가 그린 아들의 초상화부터 경매를 시작했다. 경매장에 모인 이들은 못마땅해 투덜거렸다. 그런 와중에 한 사람이 그 초상화를 사겠다고 나섰다. 9달러 50센트에 사겠다고 한 그는 그에게 가진 돈의 전부였다. 다른 분 안 계십니까? 그럼 9달러 50센트에 낙찰 되었습니다. 그런 다음 경매인은 전혀 의외의 행동을 했다. 곧바로 당일 경매 물건에 대한 모든 서류를 정리하고는 어리둥절해 있는 경매 참여자들에게 말했다. 오늘 경매는 끝이 났습니다. 모든 사람의 항의가 빗발쳤다. 그러자 경매인의 유서에 그렇게 하도록 분명히 기록되어 있다고 발표했다.

"내 아들의 초상화를 갖는 이가 나의 수집품을 모두 갖는다."

이 예술품들은 오늘 아들 초상화를 구입하신 분이 모두 가지고 가시게 되었습니다. 오늘의 경매는 끝났습니다. 이는 존 포웰의 글이다.

나는 이글을 읽으며 많은 생각을 했다. 하느님께서도 이런 말씀을 하셨다.

"내 아들을 받아들이는 자는 모든 것을 얻으리라."

하지만 나는 이런 글도 곧 잊고 있었다. 눈앞의 이익과 현실에 닥친 일만 생각하고 너무 가치 없는 인생을 살아온 지난 삶이 후회만 가득 남는다. 세상을 살아가는 안목이 없다면 겸손하고 선한 마음이라도 가지며 살았어야 했는데 악착만 떨고 살아온 삶이 미련하고 바보 같다는 생각이 들어 내 스스로 연민의 정에 빠진다.

이느 누가 그 가치 없는 초상화를 자신이 가진 모든 것을 주고 사겠는가? 그러나 그 사람은 자신이 가진 모든 것을 주고 그 초상화를 샀다. 그 분은 그 예술품보다 그 아버지의 아들에 대한 안타까운 죽음을 생각하고 같은 아버지의 마음에서 그 초상화를 샀을 거란 생각이 든다. 그 분은 예술품의 가치보다 따뜻한 배려의 마음을 가진 훌륭한 인품을 갖고 있는 것 같다.

모든 이치는 선한 것에서 오고 욕심 없는 진실 앞에는 나도 모르는 사이 행운이 온다는 말을 상기해 본다. 깊이 있는 안목과 중심을 잡고 묵묵히 참된 인생의 길을 가는 이에게는 평안과 축복이 따르게 돼 있는 것 같다. 이기심을 버리고 이타심으로 마음을 비우는 삶을 살 것을 나에게 다짐해 본다. 이런 마음을 가질 것을 칠십 년이 훨씬 지나서 이제야 깨닫는 내가 한심해 보이기는 하지만 죽기 전에 깨달은 것을 그래도 다행으로 생각한다.

하느님은 자비하신 분, 죄인도 옳은 길로 가도록 인도하시며 참고 기다리신다. 성모님의 사랑과 주님의 자비를 구하며 기도드린다. 내가 사랑하는 이들, 나를 거부하는 이들, 또는 내가 사랑하기를 거부한 이들에게 앞으로는 모두 좋은 관계를 맺으며 살 것을 마음에 새긴다.

고뇌하는 인생

아침저녁으로 기온 차가 심한 걸 보니 가을이 왔음을 실감한다. 하늘은 높다랗게 깊이를 알 수 없을 정도로 푸르다. 지나온 봄과 여름을 새김질하는 때가 이즘인가 싶다. 올해는 코로나19로 모두 힘들었는데 장마까지 왜 이렇게 길게 가는지 답답한 마음이 들기도 한다. 예전에는 이런 적이 없었던 것 같다.

해가 밝게 빛나고 청명한 날씨였는데 별안간 검은 구름이 몰려오고 어두워지며 세찬 비가 쏟아지기 시작한다. 날씨까지 왜 이러는지 모르겠다. 몸도 마음도 우울하고 점점 지쳐간다. 이제는 어디를 가도 노인으로 대하기 때문에 하는 일이 마음에 안 들어도 도움을 청하지 않으면 조용히 지켜보게 된다. 노인이면서 노인이라고 하면 거부감이 와도 어쩔 수 없음을 알고 뒤로 한 발 물러서서 없는 듯 있는 것이 매너인 것 같다. 노인이란 말을 듣는 순간부터 이제는 내 자신을 받아들이고 거기에 걸맞게 살 것을 생각해보았지만 실감이 나지 않는다.

호기심 많고 내일을 위해 거침없이 판단하고 실현하고자 했던 활력 넘치던 20대, 안정과 책임 있는 생활을 하고자 종횡무진 달음질치며 넘어지면 일어서서 다시 뛰어가던 용맹스럽고 패기 넘치던 30대, 꿈도 책임도 이루어야 된다는 자신감에 고집스럽게 살아가던 40대, 활력 넘치던 모습에 삶의 비늘이 벗겨지듯 힘을 잃어가던 50대, 내 말이 맞는다고 열변을 토해내던 입이 힘을 잃어 조용해지기 시작한다. 얼굴에도 이마에도 탄력을 잃고 잔주름이 생기며 몸도 마음도 휑하니 비워간다.

가슴 속에 스미어 젖어드는 마음 안에 지나온 세월, 몹시도 안타깝게 사랑하고 미워한 사람들의 이름을 불러보며 떠올려 본다. 사랑이나 미움이나 지나고 보니 모두 아무것도 아닌데 왜 이리 마음이 공허해지는지, 허공을 향해 한숨 쉬며 둘러본다. 살아온 세월은 불행과 행복으로 무늬 졌던 것인가 싶다. 비온 뒤 흘러가는 흙탕물도 흐르는 동안 말갛게 가라앉아 맑은 물이 되듯이 고통도, 미움도, 원망도, 살아가면서 잊혀 웃음이 됨을 느낀다. 나이 들어 지혜와 경륜을 터득한 눈으로 비로소 모든 상념을 지우는 맑은 가슴 안고 하늘을 우러른다. 꽃이 지는 아픔과 슬픔의 자리에 열매가 열린다는 지극히 평범한 상식적인 눈을 뜨기까지 주님은 어찌 그리 모진 세월을 거치게 하셨을까 여쭈어 본다. 멀리 있어도 소식이 없어도 조용한 마음자리에 산들 바람이 지나가듯 그리운 얼굴들, 나는 이들에게 새삼 감사의 눈길을 보낸다. 질투도 비아냥거림도 거짓도 우정도 거친 충고도 모두 내 삶을 풍성하게 기름지게 했던 좋은 밑거름이었음을 이제야 알고 그리워하며 생각한다.

노년기에는 몸이 아프고 아프지 않은 곳도 안 움직이고 가만히 있으면 점점 굳어진 듯 뻣뻣해진다. 인지능력 저하도 우려되고 만족하게 실현되지 못한 지난 삶에 대한 아쉬움과 작은 분노, 불안과 상실감을 겪으며 점점 힘을 잃어간다. 특히 가까운 친구의 죽음 관련 소식을 듣거나 질병을 겪으며 요양원으로 가거나 실의에 빠져 있는 모습을 볼 때 좌절감이 크다. 관심 안에 있고 사랑을 받고 있다는 것을 느끼는 것이 매우 중요한 것을 새삼스럽게 생각하게 한다. 외로움 소외감을 느낄 때 의지하고 싶은 내 마음을 중심에 두고 깊이 생각에 잠겨본다.

촛불을 밝히고 주님을 향해 무사히 지낸 오늘을 위해 기도드린다. 붉게 타는 촛불에 녹아내리는 촛농을 보며 삶의 모습에 아픈 눈물을 보는 듯 애잔한 마음으로 바라본다. 작아지는 초를 보면서 작아진 내 모습을 내려다보니 더 작아진 것 같다. 나의 체력은 점점 쇠퇴해 지더라도 나의 내적 성숙은 나날이 새로워진 모습이고 싶다. 세상에서 노년의 두려움에서 벗어나 나에게 주신 소명을 다할 수 있는 지혜를 주시기를 주님께 청하며 평안한 저녁을 맞이함에 묵상하며 감사기도 드린다.

나의 얼굴

요즘엔 가끔 죽음에 대하여 생각할 때가 있다. 그러다보니 침묵 속에 묵상하는 시간이 많아진다. 나는 지금 내가 살아가고 있는 현실에서 얼마나 바르게 살고 있는지, 어느 날 문득 죽음이 내 곁에 왔을 때 당당히 맞을 자신은 있는지를 생각해 본다. 지난 삶에서 잘못했던 일을 그냥 지나쳐 버리지는 않았는지, 내가 알지 못하는 가운데 저지른 잘못은 없는지, 곰곰이 뒤돌아보아야 함을 느낀다. 언젠가 읽었던 글이 생각난다.

"한 임금이 신하에게 이 세상에서 가장 착하고 선한 얼굴을 가진 사람의 모습을 그려 오라고 명령 했다. 신하는 광장으로 나가, 오가는 사람들을 살펴보다 한 젊은이를 발견하고 그를 모델로 얼굴을 그려 임금에게 드렸다. 그러자 이번에는 이 세상에서 가장 험상궂고 험악한 얼굴을 가진 사람을 그려 오라고 했다. 신하는 세상을 돌아다니며 그런 사람을 찾았지만 20년이 넘도록 찾지 못했다. 그러던 어느 날 신하가 옛날에 선한 얼굴을 그렸던 광장에서 쉬고 있는데 이제까지 볼 수 없었던 험악한 얼굴의 사나이를 발견 하였다. 그는 반가움에 그의 모습을 그려 임금에게 드렸다. 그런데 놀랍게도 그 험악한 사람과 착하고 선한 사람은 동일 인물이었다."

젊었을 때 그 선하고 착하게 보였던 그 얼굴이 세상을 살아가면서 어떤 삶을 살았고 세파에 얼마나 시달렸기에 그처럼 험악한 모습으로 변했을까. 선한 사람을 그처럼 험악한 모습으로 변하게 한 삶의 원인은 무엇이었을까. 깊은 묵상에 잠겨 젊었을 때의 나의 얼굴을 떠올리며 지금의 모습을 바라본다.

거리를 지나다 보면 인자해 보이는 노인의 모습, 표정이 없는 중년의 모습, 삶에 찌들어 보이는 청춘의 모습 등 여러 형태의 사람 모양을 보면서 나의 얼굴을 보면 나 또한 왠지 낯설기만 하다. 얼굴은 마음의 거울이라는데 내 마음에 평화와 평안이 없으면 좋은 인상이 아닐 거라고 나는 깨닫는다. 외모를 가꾸려 말고 마음을 아름답게 가꾸어 마음속에서 우러나오는 진솔한 모습으로 갖추어야겠다고 다짐해 본다.

황혼 인생에 지난날들을 되새기며 추억 속에 나를 돌아보는 시간이 많아졌다. 격동기에 있었던 모든 일은 지워 버리려 해도 내 삶에 많은 비중을 차지했던 때문인지 쉽게 잊히지 않고 떠오른다.

그때가 내 일생에서 가장 힘들었으면서도 보람이 있었고 사는 참 맛도 있었던 것은 맞다. 지금은 할 일 없이 외로움을 친구로 생각하고 즐기려 노력 하고 있다. 나이가 들면서 혼자인 것에 익숙해 져야 하고 침묵으로 돌아가 묵상하는 방법을 배워 고요히 보내는 시간을 즐길 줄 알아야 된다고 생각하기 때문이다. 가만히 침묵 중에 보내는 시간이 아니고 나를 더 완전히 변화 시키는 계기가 되어야 하지 않을까 싶다. 그러면서도 침묵 안에서 내 일을 생각하며 혼자임을 생각 말고 소일거리를 찾아 여생을 즐기려한다. 깜깜한 침묵 속에 빤히 보이는 나의 회한과 자책의 불빛이 비치는 지난날을 외면하지 않고 안고 가면서 잘못한 일은 속죄하고 반성하면서 살 것을 다짐한다.

돌아갈 집에 자식이 있고 만나자는 친구도 있고 매일 가는 성당이 있고 수시로 보내주는 문자 친구도 있다. 매일미사에 예수님을 내 안에 모시는 성찬식을 하는 나는 외롭지 않다. 외로워 말고 가는 날까지 즐겁게 성모님을 가슴에 담고 가치 있는 삶을 살아야겠다고 내게 다짐한다. 깜깜한 밤 적막 속에 내 발자국 소리만 들린다. 사뿐사뿐 걷는 소리가 아니고 질질 끄는 신발 소리가 게으르고 힘없는 노인을 연상케 하는 걸음이다. 그래도 나는 내게 말한다. 누구에게나 의지하려 하지 말고 내 가는 길은 분명한 가치관을 갖고 당당한 노인의 웃음 담은 모습으로 살 것을 내게 부탁한다.

내 이름은 할머니

우리는 흔히 나이를 먹는다고 말한다. 나 역시 어느새 이렇게 나이를 먹었네 하고 생각을 하게 된다. 이제는 조금 익숙해졌지만 처음에는 노인 대접을 받을 때에 그 어색했던 생각이 떠올라 웃음이 나오기도 한다.

시집온 지 얼마 되지 않아 수돗가에서 빨래를 하고 있는데 누군가 "새댁" 하고 부르는 소리가 들렸다. 하지만 나는 아닐 거라 생각하고 빨래만 하고 있었다. 저 새댁이 귀가 안 들리나 하는 소리에 돌아보니 그렇게 불러도 대답이 없느냐며 나무라신다. 옆집 할머니의 말씀에 미안해서 멋쩍게 제가 새댁이군요 하니, 웃으며 가시는 것을 보면서 내가 새댁이 되었구나 했다.

시간이 지나면서 시장에 찬거리를 사러 가면 새댁이 아니라 아줌마라 불렀고 아줌마는 애기 엄마로 바뀌어 불리는데 나를 부르는 호칭이 바뀔 때마다 생소하기만 했는데 늙은 노인으로 대하는 지금의 심정과는 사뭇 다른 느낌이었다. 그때는 젊어서인지 그렇게 낯설게 생각되지 않았다. 제멋대로 바뀌어 불리는 것이 익숙해지며 신기할 뿐이었다. 지금은 노인인 것을 알면서도 노인 대접을 받을 때는 이제는 다 살았나 싶다. 초가을에 높고 푸른 하늘을 바라보며 쉼 없이 빠르게 흘러가는 시간을 탓해 본다. 얼마 전까지만 해도 노인이라는 말이 나에게는 가당치도 않다고 큰소리치며 엎드려 팔굽혀펴기 스무 번은 할 수 있다고 했다. 알아주지도 않는 객기를 부렸지만 지금은 차를 타면 자리 양보를 받아도 미안함도 없고 뻔뻔스러워졌다.

지금 내 이름은 할머니다. 길 가다가 뒤에서 할머니 하고 부르는 소리가 들리면 내가 아닌 줄 알면서도 뒤돌아보게 된다. 인생이 흘러가는 대로 내 호칭도 바뀌어 짐을 느끼며 지나간 시간은 절대로 돌아오지 않음을 알기에 이제는 있는 듯, 없는 듯 조용히 노인답게 품위 있게 늙어가려고 모든 것을 내려놓고 살아가고 있다. 슬기롭고 따스하고 인자로운 노인으로 살고 싶은 것이 나의 바람이고 소원이다. 부드러운 말과 편안한 모습, 어떤 상황에서도 유머로 답할 수 있는 재치 있는 나였으면 좋겠다. 이런 모습이 오랜 생활 습관과 자기 자신에게 미치는 것임을 알기에 지금부터라도 꾸준히 노력하여 닮고 싶은 어른으로 기억되고 싶다.

언제나 자애로우시고 인자하신 모습으로 우리에게 오신 성모님, 어머니를 닮은 모습으로 죄짓지 않게 지켜주시고 항상 감사하

는 마음으로 살다가 주님께서 부르실 때 행복한 마음으로 떠날 수
있게 주님께 전구해 본다.

내 탓인 줄도 모르고

나는 어느 날 문득, 내 자신이 걸어왔던 길을 생각해 본 적이 있다. 나의 지난 생활은 밖으로 드러내지 않고 안으로 참고 삭이며 살지 못한 부끄러움이 가득한 삶이었다. 사소한 일에도 감정을 그대로 드러내 상대를 당황하게 한 나는 예의가 없고 생각이 부족하였음을 시인한다. 미련스럽고 치졸하고 경박한 행동을 부끄러운 줄도 모르고 거침없이 했던 나였음을 이제야 느끼며 깊이 반성한다. 사람과 사람 사이에서 오는 관계도 모든 것은 나의 생각에서 오는 것이란 것을 이제야 깨닫는다. 나 혼자 판단하고 싫어하고 미워했지, 그가 나에게 왜 그러느냐 묻지도 않았다. 상대는 그대로 있는데 나 혼자 고민하고 속을 태우고 있었다. 모든 삶과 행동, 생각은 다 내 탓임을 깨달은 지금 이 시간, 현재가 지나면 되돌릴 수도 없는 소중한 시간을 헛된 망상으로 생각 없이 살아온 인생이 허무해진다. 진술하지 못했던 지난날의 내 모습이 비참하게 느껴진다. 나는 서로 소통하고 믿음이 있고 다가가고 싶은 어른으로 아이나 젊은이나 노인이나 친구처럼 편한 사람으로 변해야겠다고 이제야 깨닫고 다짐한다.

어리석은 굼벵이가 땅속에서 제 나름 아픔을 참고 견디며 열심히 살아온 끝에 껍질을 벗고 매미로 탄생하는 날이 있듯이 지금까지 살아온 날들을 되새기며 온화하고 품격 있는 삶을 노후에는 살아야 하는 생각을 깊게 한다. 샛별처럼 초롱초롱한 눈빛은 예전에 사라졌어도 서로 지나치는 낯모르는 사람이라도 그들의 얼굴에서 기쁨과 고뇌를 읽을 줄 아는 깊이 있는 눈은 갖게 되었다. 겨울 어름 속 물살 같은 차가운 울음도 가슴으로 삭일 줄 알만큼 인생의 끝자락까지 온 나, 나를 알고 인생을 조금은 알겠다. 어쭙잖게 남을 위해서가 아니라 나 자신을 비우고 다시 채우기 위해 한 자루의 촛불을 밝힐 것이다. 거센 소나기 지나간 바위처럼 눈물이 씻어간 가볍고 정결한 마음자리에 살만하고 살아갈 가치가 있는 이들과 더불어 살아갈 용기와 희망을 가져 본다. 이렇게 아픔으로 다가오는 때가 있을 줄 모르고 교만 속에 살아온 지난날이 후회스럽다. 얼마 남지 않은 삶의 시간을 보람 있고 후회 없는 시간이 되도록 여유 있는 마음으로 이웃을 돌아보는 생활을 하도록 나에게 굳게 약속 한다. 얼마나 내 생활이 바뀔지는 모르지만 마음을 다하여 성실하고 진솔한 삶을 살 것을 결심 하면서 주님을 떠 올린다.

주님께로 한 발짝 한 발짝 다가가는 길을 나에게 열어 주시는 주님, 언제나 저를 돌보아 주시고 계심을 느끼는 순간 아기처럼 주님께 안기어 주님을 바라본다. 우리 곁에 언제나 계시는 주님을 자주 찾고 그분의 이름을 부르며 주님의 곁에 함께 걸어 갈 은총을 청하며 나의 전부를 봉헌하는 기도를 드린다.

노인으로 산다는 것

　노인이 인격적으로 인정받고 사랑받으며 산다는 것은 젊은이들이 정신적 사회적으로 독립된 개체로 살기 위하여 능력을 기르는일 보다 더 힘들고 어려운 것 같다. 현대를 살아가는 노인들은 노년을 준비하고 생각 할 여유 없이 숨 가쁘게 살다 돌아보니 어느덧 아픈 몸만 남아 있다. 노인이 되어 살아갈 수 있는 준비된 것 하나 없이 노인이 되어 있는 것이다. 자신을 송두리째 내어준 후에 자식들한테 도움을 청할 형편이 안 되는 노인들을 보면 측은지심이 생긴다. 경제적으로 어려웠던 시대를 겪은 지금의 노인들, 젊은 시절에는 산업 현장에 뛰어들어 피와 땀으로 발전을 이룬 국가도 노인들을 짐스러워 하는 마당에 힘들고 외로운 노인들만 남아 있다. 일부 존경받고 어르신 대접받고 살아가는 분도 계시기는 하지만 지극히 소수임을 느낀다. 건강한 장수는 축복이고 행복일 텐데, 요즈음은 오래 사는 것이 죄인처럼 미안하고 자신도 짐스러워 하는 것을 보면 할 말을 잃는다.

공원 의자에 앉아 허공을 바라보며 멍하니 앉아있는 노인들을 보면 쓸쓸해 보이고 외로워 보여 안쓰럽다. 국가에서 능력 없는 노인들에게 연금이나 의료복지 혜택을 주고는 있지만 문제는 인간의 존엄성과 의욕상실을 잃어 하루하루 생명 연장만 하고 있는 것 같아 안타까운 생각이 든다. 내 인생은 내가 걸어가야 할 길이기에 누구한테 의지하려는 순간부터 자신의 자존감도 떨어지고 가족에게 짐이 되는 것은 당연하다. 혼자 남았을 때 처량해 보이지 않고 외로워 보이지 않고 의연하게 품위 있는 노인으로 살아 갈수 있는 기틀을 잡고 초라한 노인이 아닌 어르신답게 처신하며 기품 있는 삶을 살아야겠다고 생각한다. 노인이 되면 생활이 단조로워지고 활동력이 떨어지며 하나하나 포기하게 된다. 이럴 때일수록 자신이 할 수 있는 소일거리를 찾아 자신에 맞는 생활로 할일 없는 노인으로 남지 않았으면 한다. 시간을 어떻게 보내느냐에 따라 내 인생이 달라지는 것을 요즈음 더욱 느낀다.

노후에 자신이 원하는 종교를 선택하여 영적인 생활을 하며 삶의 찌꺼기 들을 털어 버리고 지내온 삶을 잘 정리 하는 시간이 되었으면 하는 생각이 든다. 글을 쓰면서 나를 돌아본다. 주님 앞에 깨끗한 모습으로 갈수 있도록 인생의 끝마무리를 잘 해야 할 것을 생각해본다. 이 세상을 떠날 날이 가까이 다가옴을 느낄 때는 마지막 순간을 아이들한테 짐이 되지 않게 조용히 떠나고 싶은 것이 나의 소망이다. 누구나 바라는 일이겠지만 미리부터 준비하고 덕을 쌓으면 그 희망도 이루어 주시겠다는 믿음과 겸손한 마음으로 주위를 돌아보며 위선에서 벗어나는 삶을 살 것을 다짐한다. 가는 날 까지 신앙인으로 하느님, 성모님께 사랑받는 딸로 살아갈 것을 다짐하며 오늘도 기도드린다.

마음의 밭

밭은 우리가 일용할 양식을 재배할 수 있는 중요한 농지이다. 밭은 논처럼 물을 대지 않고도 채소나 곡식을 경작할 수 있다. 밭에서는 사과, 배등의 과수와 화훼 채소 등 여러 가지 작물을 심어 수확의 기쁨을 누린다.

우리 집 옥상에 손바닥만 한 밭이 있다. 봄이 되면 나는 이 밭을 갈고 다듬어서 거름을 내린 다음 씨앗을 파종한다. 금년에는 상추와 가지, 쪽파 등을 조금씩 심었다. 가장자리에는 장미와 앵두나무도 한 그루씩 심었는데 장미는 벌써 아름다운 꽃을 피웠다. 앵두나무는 아직 나무만 무성하게 자라고 열매는 맺지 못하고 있다. 나는 매일 이들과 대화를 나누면서 따스한 눈길과 맑은 물을 주는 등 정성을 다하고 있다. 날마다 변하여 성장하는 모습을 보면 마음이 흐뭇해지고 즐거움이 배가 되어 절로 행복감에 젖는다. 상추를 뜯고, 가지와 고추를 딸 때는 여느 부자 부럽지 않고 마음이 푸근하고 보람도 느낀다. 농사짓는 분들이 수확의 기쁨으로 힘 드는 줄 모르고 열심히 일 하는 심정을 이해할 것 같다. 나는 식물을 키우면서 무슨 일이든 진정한 마음으로 정성을 다하면 보답은 저절로 따라옴을 느꼈다. 또한 정성을 들이는 만큼 내 마음도 바뀌어 가고 있음을 알게 되었다.

　나는 그동안 내 마음은 무엇을 품고 마음 밭에는 어떤 씨를 뿌리고 가꾸었나를 생각해 본 적이 없다. 내가 농사를 지으면서 비로소 나를 돌아보며 묵상해 보는 시간을 가졌다. 처음엔 내가 내 마음 안을 들여다보며 부끄럽고 놀라웠다. 교만·분노·질투·시기·이기심 등 피폐할 때로 거칠어진 마음을 보며 마음이 이러니 몸도 고통을 받아 아팠던 것 같다. 나는 이 마음을 가꾸고 다듬어 평온한 안식처로 변화시킬 것을 결심했다. 성경의 지혜서와 시편을 읽고 양서와 성현들의 말씀을 들으며 뉘우치고 많은 깨우침 속에 나의 마음을 조금씩 바꾸어 나갔다. 마음의 평화를 얻으려 노력하고 자주 묵상하며 기도했다. 작은 일에도 감사하며 못마땅한 일이 있어도 관대하게 바라보는 마음을 갖으려 노력하다 보니 이제는 조금 여유도 생기고 너그러워 짐을 느낀다. 속상하거나 나쁜 일이 생겼을 때는 기도하면서 묵상하고 마음의 평화를 얻으려 노력했다. 이러한 노력이 외부로부터 조금씩 나타나기 시작해 지금은 모든 일을 긍정으로 받아들이게 되면서 마음의 평화를 얻는데 도움이 되었다.

무엇이든지 얻으려면 시간과 노력이 필요하다. 밭도 가꾸지 않으면 잡초가 무성하고 식물이 시들어지고 수확할 것이 없게 된다. 우리의 몸도 마음도 돌보지 않고 부딪치며 살다보면 욕망·시기·불신·교만이 마음 안에 들어와 이기적이고 메마른 사람으로 만든다. 정성껏 밭을 가꾸고 일구듯이 우리의 마음도 가꾸는데 소홀함이 없어야 됨을 알았다. 우리가 살면서 외양을 가꾸는 데는 돈과 시간을 투자하면서 마음을 가꾸는 데는 무관심 한 것 같다. 꾸준히 양서를 읽으며 마음을 풍요롭게 해야겠다. 내가 아끼던 물건을 잊어버리면 온 집안을 뒤지고 찾느라 애를 쓰지만 마음을 잃어버리면 찾을 생각도 하지 않는다. 양서를 읽는 것이 잃어버린 마음을 찾는 것이라 생각된다. 내 마음 안에 사랑·배려·자비·용서·평화의 꽃씨를 가득히 뿌려 정성스럽게 가꾸어 아름다운 꽃이 되도록 하루하루를 조심스럽게 살 것을 다짐해 본다.

어느덧 명상 자리가 되어버린 옥상 위 밭, 바람결에 손을 흔들어 주는 늘 푸른 작물이 나를 마중하며 평화의 인사를 전해온다. 세상을 감당하지 못했던 거친 마음 안에 기쁨 여무는 세상의 평화가 들어오니 절로 몸이 반응을 한다.

'성부와 성자와 성령의 이름으로 아멘!'

마지막 가는 길

친구로부터 전화가 왔다. 남편이 운명했는데 너밖에 생각나는 사람이 없어서 전화 했다고 한다. 평소 건강하던 분이라 너무 놀라워 서둘러 병원으로 갔다. 별안간 닥친 일에 친구는 정신이 반은 나간 듯이 멍하니 앉아 있었다. 이게 웬일이냐며 황당해서 들어서는 나를 보고는 엎드려 우는데 많이 놀랐구나 싶어 안고 토닥이며 정신 차려야지 네가 이러면 진영이가 더 힘들지, 마음 추스르고 윤석이 아빠 때 네가 나한테 한 얘기 떠올려 봐 하며 마음을 진정 시켜 주었다.

아침에 늦게 일어나 소파에 앉아 있다가 아침 준비를 했는데 그이의 인기척이 없어 화장실 문을 열어보니 바닥에 쓰러져 있더라고 했다. 너무 무섭고 놀라워 119에 전화하고 너하고 진영이 한테 전화 했다면서 왜 네가 제일 먼저 생각이 났는지 모르겠다며 아마도 아들보다 네가 더 미더워서 그랬나보다라고 한다. 8년 전 그이를 떠나보낼 때 생각이 떠올라 지금 정신이 없겠다 싶었다. 나를 믿어주고 제일 먼저 불러주어 고맙다고 말하는데 아들도 엄마 곁에 계셔주면 좋겠다고 말해서 삼우제까지 지내고 집에 왔다.

친구 남편은 119에 실려 가는 중에 운명하셨다고 했다. 전날에도 외출하고 돌아와 목욕도 하고 평상시와 다른 점이 하나도 없었다며 이럴 수도 있느냐며 안타까워했다. 언젠가 우리도 가야할 길인데 고통 없이 가신 걸 감사하면서 편히 가시게 너무 슬퍼말고 편안하게 보내 드리자고 했다. 나이 80이면 조금 서운하기는 하지만 그래도 잘 살았다고 생각한다. 친구는 나하고 살아 주느라 마음 고생 많이 한 것 같아 마음이 아프다며 우는 친구를 보며 인생은 오래 살던 짧게 살던 헤어지는 아쉬움은 같구나 싶다. 인생의 여정 중에 나를 성장 시키고 기쁨을 느끼게 하는 일도 많지만 잃어갈 것에 대한 두려운 삶의 변화에서 생기는 상실감으로 슬프고 불안하고 우울한 시간도 많다.

호스피스의 선구자이고 정신의학자인 '엘리자베스 퀴블러 로스'는 슬픔에 대해 이렇게 말한다.

"우리는 회피 하려고 하는 것이 상실의 고통이라는 걸 깨닫지 못한 채 그것을 회피하려고만 한다. 슬픔을 회피하며 슬픔이 건네는 도움의 손길에 등을 돌리고 우리는 고통을 연장 시킨다. 슬픔은 치유를 향한 감정과 정신 그리고 영혼의 여행이라는 사실이다. 슬픔은 항상 일어나며 언제나 치유 된다."

이 글을 처음 읽었을 때는 그런가 보다 하고 별 뜻 없이 읽었다. 살아오면서 여정 속에 갖가지 일을 경험하고 겪으며 다시 이글을 접했을 때는 슬픔과 역경에 대해 극복할 수 있는 슬기와 인내가 생기는 것 같다. 친구도 시간이 갈수록 그리움은 크겠지만 슬기롭게 이겨낼 것을 나는 믿는다.

말끔히 잊는 것은 치유가 아니고 그렇게 될 수도 없다. 순간순간 생각나고 깨우쳐 지는 것이 남은 자들의 몫이라 생각한다. 일생동안 마주하고 싶지 않은 일은 우리에게 언제든지 다가온다. 그러한 일을 직면하고 나면 지난 일을 새로운 눈으로 바라볼 수 있고 그 자리에서 새로운 삶과 힘과 용기가 생기는 것을 느낄 것이다. 슬픔과 역경은 수시로 다가온다. 이런 어려움을 극복해 가며 감정의 치유를 향한 정신을 갖고 인생의 여행을 끝나는 날까지 묵묵히 가야함을 느낀다.

요즘은 오래 살기도 하지만 죽음 또한 너무 허무하게 오는 것 같다. 준비 없이 허망하게 떠나는 것이 허무하고 삶의 공허감을 느끼게 한다. 삶의 그림자가 길게 드리워진 인생, 검은 그림자 뿐 아무 흔적도 없는 것 같다.

집에 와, 방에 들어서니 따뜻하고 아늑한 내 방이 아니고 낯선 곳에 온 것 같이 서늘한 느낌이 든다. 언제 어떤 모습으로 떠날지

한 치 앞도 모르는 인생, 미물에 불과하다는 생각이 든다. 자식들에게 걱정 안 시키고 깨끗한 모습으로 있다가 자는 듯이 떠났으면 싶다. 허무하게 서둘러 가셨지만 그곳에서 편히 계시길 마음 다해 기도 올린다.

사랑하는 마음

　우리는 세상을 살아가면서 사랑이란 말을 많이 하고 산다. 하지만 '사랑 한다'는 고백도 중요하지만 그보다 더 중요한 것은 얼마만큼 진정으로 사랑을 하는가에 있다고 본다. 변함없는 마음을 담아 실천하는 사랑, 상대가 원하는 것을 해줄 수 있는 사랑, 이것이 진정한 사랑이란 생각이 든다. 사랑에는 부모님의 무한 사랑, 연인과의 애틋한 사랑, 모든 것을 다 주어도 부족한 자식 사랑, 형제와의 끈끈한 사랑, 친구들과의 우정, 가치관이 다른 사랑이 있다.

　우리는 살아가며 과연 얼마나 서로 사랑을 나누면서 살아왔는지 뒤돌아보게 한다. 부모님께 따뜻한 사랑으로 효도도 못했고 형제에게도 신념의 사랑도 주지 못했고 남편에게도 희생으로 가슴 깊은 사랑을 주지 못했고 자식도 지극한 정성으로 보살피며 키우지도 못했다. 친구들과도 진심을 담은 마음으로 깊은 우정을 나누지도 못했다. 나 자신만을 챙기며 이기적으로 살아온 것 같아 마음이 아프고 무겁다.

　살아오면서 모든 이에게 빚을 진 것 같아 후회와 미안함으로, 속
죄하는 마음으로 비움의 삶을 살기로 나와 약속한다. 왜 그렇게 아
집에 갇혀 살았나, 내 자신이 안쓰럽고 불쌍한 생각이 든다. 사랑
을 나누며 좀 더 부드럽게 살았으면 얼마나 아름다운 삶이었을까.
그랬으면 이렇게 후회와 아픔도 없이 평화롭고 성모님께도 용서
의 기도보다 감사의 기도를 드리게 되었을 것이다.

　이글을 쓰면서 지나온 삶의 모든 것이 잘못 살아온 것 같아서 죄
책감에 괴롭고 안타까움이 가슴에 맺힌다. 사랑을 나누면서 살아
도 부족한 인생에 무엇을 얼마나 더 갖겠다고 욕심을 부리며 닫힌
마음으로 살았을까. 그때는 생각지도 느끼지도 못했다. 이제야 사
랑·희생·정성·나눔·봉사·친절, 이러한 아름다운 말을 가까이 하
며 왜 살지 못했을까, 안타깝다. 나는 이기심·시기·불신·욕심 이
런 악의적인 말만 껴안고 살아온 것 같다.

　한편 마음이 아프고 부끄러운 인생이었던 것에 마음 아프고 아
쉬움이 크다. 좀 더 여유를 가지고 상대의 인격을 존중해 주며 경
청하고 소통하며 사랑을 나누며 살았으면 평화롭고 아름다운 삶
이 되었으리라 생각한다.

　'죽을 때 후회하는 것'이란 책을 읽었는데 "누구나 제일 많이 하
는 말이 좀 더 사랑 하고, 좀 더 고맙다고 말할 것, 좀 더 겸손했다
면 좀 더 꿈을 이루려 노력했더라면 좀 더 나누며 살았더라면 좀

더 빨리 죽음을 생각했더라면….”으로 글을 이어갔다. 이글을 떠올리며 지금부터라도 만남과 헤어짐을 소중히 생각하고 겸손한 마음으로 관계를 이어갈 것을 다짐한다.

예수님께서 인류의 모든 죄를 용서하고 구원하기 위해 무거운 십자가를 지고 굴욕과 고난을 묵묵히 가신 그 길의 사랑을 묵상 하면서 주님만을 따를 것을 굳게 다짐한다.

“성모님, 이제야 모든 것을 깨닫고 뉘우치는 저를 책망 마시고
가없이 여기시어 진심을 담은 저의 청원을 들어 주소서.”

주님의 가르침을 따라 사랑하고 순종하며 저의 십자가를 지고 성모님께, 주님께 가는 그날까지 서로 사랑하며 순종하며 살겠다고 깊이 확인한다.

소중한 내 시간

　살아오면서 지금까지 힘들고 어려웠던 것은 시간 관리인 것 같다. 일상생활은 어떻게 시간을 활용하느냐에 따라서 여유로운 시간을 갖고 알차게 짜임새 있는 하루를 보낼 수도 있고 허둥대며 제대로 한 일 하나 없이 허무하게 시간만 낭비 할 수도 있다. 내가 어떻게 시간 관리를 하느냐에 따라서 여유롭고 느긋한 생활도 복잡하고 쫓기는 생활도 될 수 있음을 느낀다. 생활을 해 가면서 짜인 시간대로 살다보면 바쁠 것도 없고 하루 일과를 마친 저녁이면 홀가분한 마음으로 보람있게 만족한 시간을 보냈음에 행복을 느낀다.

　오며가며 자주 만나던 이가 있었다. 만나면 매일 바쁘다는 말을 한다. 하루는 시간이 되어 그 사람과 일상생활에 대해 가벼운 대화를 나누게 되었다. 마주 앉아 이야기를 나누면서 중요한 일도 바쁜 일도 없는 한가한 사람이면서 왜 바쁘다는 말을 항상 하고 다니는가 싶다. 이제는 그와는 눈인사만 하고 가까이 안하게 된다. 나까지 들뜨는 느낌이 들고 안정감이 없는 무질서한 사람 같아 피하게 된다. 올바른 인식을 갖고 시간을 활용 한다면 시간은 나에게 안정감을 갖게 하고 서두를 필요 없는 편안한 생활이 되어 짐을 느낀다.

다섯 시 벨소리에 일어나 아침기도로 오늘 하루의 삶에 평안을 바라며 봉헌 드리고 오늘 꼭 해야 할 일을 점검하고 일과를 시작한다. 하루 일과를 체크해 보면 꼭 해야 할 일, 안 해도 될 일, 해야 되지만 미루었다 해도 되는 일로 나누어진다. 꼭 해야 할 일부터 시작해서 차근차근 해 나가다 보면 시간의 여유도 생긴다. 무엇이든지 우선순위를 가려 실천해가면 인생을 살면서 복잡한 일도 어려운 일도 잘 되어 편안한 생활이 될 거라 믿는다. 늘 부지런히 자기 생활의 삶 안에서 당연히 해야 할 일, 우연히 닥쳐온 일, 자연히 이루어진 일, 예기치 않던 일들이 일어나기도 한다. 이럴 때 나는 내가 해야 할 일은 어떠한 일이 있어도 전력을 다해 해결하지만 우연히 다가온 일이나 자연히 이루어지는 일은 관찰하면서 지켜보면 그 나름대로 해결이 됨을 본다.

우리의 신앙생활도 기도가 우선 되어야 하고 기도로써 성모님께도 주님께도 소통이 이루어짐을 분명히 알아야 한다. 시간을 어떻게 쓰느냐에 따라서 기도 시간도 여유를 가지고 할 수 있지 않은가 싶다. 기도 시간을 정해놓고 일관성 있는 신앙인이 될 것을 다짐한다. 오늘 아니면 내일이 있으니까 하는 안일한 마음은 나중에 후회해도 되돌릴 수 없이 지나간 시간임을 느끼고 깊이 깨닫는다. 어느 순간에 주님께서 예기치 않은 모습으로 지나치시는 것은 아닌지 두려움이 앞선다.

시간은 우리에게 주어진 생의 의미를 가져다주는 영원을 향한 시간과 흘러가는 어제 오늘 내일 등 무의미하게 소모되는 시간, 이 두 종류의 시간이 우리의 삶에 큰 영향을 주고 있음을 느낀다. 하나는 주님의 현존을 모르고 무질서하게 육에 따라 사는 삶이고 또 다른 하나는 그리스도인다운 삶으로 주님과의 관련성 안에서 주님의 현존을 믿는 삶이다. 주님께서 나에게 주신 이 시간을 은총의 선물로 받아들이며 무의미한 시간을 보내지는 말아야 됨을 깊이 묵상한다. 시간이 허락될 때까지 성모님께도 주님께도 열심히 기도하는 삶으로 살 것을 결심한다.

시장에서의 하루

눈을 뜨자마자 일어나 아이들 아침을 식탁에 준비해 놓고 시장으로 향한다. 깜깜한 밤, 기척마저 잠이 든 주택가를 벗어나 시장 입구에 들어서면 시장 안은 벌써 시골에서 물건을 싣고 온 트럭으로 분주하다. 그들의 표정에선 잠을 자다 불려온 사람 같지 않게 활력이 있고 생동감이 넘친다. 나 역시 머리를 흔들어 잠을 떨쳐 버리고 가게 앞에 선다. 가게 문을 열고 있는 K군에게 도착해 있는 물건과 상황 설명을 듣고 좀 쉬게 한 다음 가게 안 물건을 파악하고 시장을 한 바퀴 돌아오면 시장의 오늘 물량과 시세가 어떤지 가늠하게 된다. 구입할 것, 나누어 줄 것, 모두 끝내고 나면 네 시가 된다.

경매장에 가서 구입할 물건을 알아보고 있으면 중매인들이 경매하러 모이기 시작한다. 경매를 기다리며 오늘 입찰은 어떻게 해야 되는지 서로 정보를 주고받으며 입찰을 시작한다. 이런 생활을 몇 십 년 하는 동안 아이들은 자라서 곁을 떠나고 남편만 남아 내 그늘 아래 쉼터를 기웃거리고 있다.

내 집보다 편한 것 같았던 그곳을 떠난 지 어언 팔년이 되었지만 지금 그곳에 가면 그때의 이웃이 그대로 있는 걸 볼 수 있다. 한편으로는 나도 그대로 할 것인데 후회가 되고 그들이 부럽기도 하다. 할일이 없다는 것이 이렇게 힘든지 몰랐다. 시장에 있으면 장사만 알고 아무것도 모르는 것 같지만 환경 변화와 사회 생태계의 변화를 가장 빨리 알 수 있다. 내가 있을 때 있었던 과일들은 사라지고 없다. 은천 참외, 다노레드 포도, 국광, 골덴, 인도 사과, 홍옥 등 추석만 되면 각광받던 과일이 모두 없어졌다. 그리고 봄인가 느낄 틈도 없이 시골에서 제철 과일이 들어오니 세월이 가고 오는 것을 빨리 알게 되고 환경 변화는 특별히 공부를 안 해도 누구보다도 먼저 알게 된다.

언젠가 산지에서 배추 하나에 천 원 한다는데 시장에 오니 삼천 오백 원 한다면서 장사하는 이들을 나쁜 사람으로 취급하며 말하는 것을 옆에서 듣고 혼자 웃은 적이 있었다. 제대로 알지 못하면 그런 말을 할 수 있다. 밭에서 장사꾼이 농민한테 배추 포기당 천 원에 사면 일꾼을 사서 작업을 시킨다. 그리고 차를 불러 서울 도매상까지 운임을 결정하고 상차비를 주고 차에 실어준다. 서울 도매상에 도착하면 하차비를 주고 차에서 내려놓으면 경매를 하고 경매가 다 끝나면 그곳에서 판매금에 대한 수수료를 주어야 한다. 다섯 번에 거쳐 한 포기 당 계산이 끝나면 중개인이 얼마를 붙여 소매상에게 넘기면 소매상이 사다가 이익을 남기고 우리 소비자에게 온다.

농산물에 대해선 얼마나 맛있고 싱싱한 것을 사느냐에 있지 가격이 비싸고 싸고의 문제는 그리 중요하지 않다. 다만 하자가 있으면 가격은 떨어진다. 우리 식탁에 오르기까지 몇 단계를 거쳐서 오는 동안 많은 사람의 노동과 지불되는 돈을 생각하면 이해하리라 믿는다. 지금은 시골 산지에서도 시세를 모두 알아 절대로 싸게 안 판다. 십오륙 년 전만해도 서울 시세를 이틀 지난 후에나 알았는데 지금은 입찰 끝난 지 한 시간이면 서울에 있는 시장의 시세가 얼마에 형성 되었는지, 어느 시장이 시세가 안 좋았는지 모두 파악하고 있기 때문에 시골이라고 예전 같이 어둡지 않다. 지금은 정보도 빠르고 시골 사람들이 더 현명하게 대처한다.

이곳에서 반생을 살아오면서 많은 경험과 인과관계를 맺으며 배신을 당한 적도 있지만 의외의 귀인을 만나 어려움을 극복하기도 했고 좋은 친구들을 만나 큰일을 쉽게 할 수 있는 힘도 있었다. 이 시장에서 돈도 벌었고 아이들도 키워 모두 결혼시켜 떠나보냈으니 시장이야말로 잊을 수 없는 고향이다. 무엇보다 내가 어려움에서도 흔들리지 않고 꿋꿋이 살아올 수 있었던 힘은 신념과 굳은 믿음을 갖고 지내온 것이 아니었나 싶다. 진실이 바탕이 되고 신용과 신뢰로 맺어지는 것이 상거래의 기본이기 때문에 항상 조심스럽게 원리 원칙을 지키며 살아온 것이 지금의 내가 편안한 노후를 사는 삶의 기반이 된 것이리라 생각한다. 이런 마음을 가질 수 있었던 것은 오로지 내 안에 성모님과 주님을 모시고 있었기에 온갖 죄에 물들지 않고 살아낸 깃 같다.

언제 어디서나 나를 내버려 두지 않으시고 보듬어 주신 성모님께 묵주를 돌리며 감사기도 드린다. 주님, 성모님의 뜻에 따라 조심하며 경외하는 마음으로 살 것을 다짐하며 하늘을 본다. 인간의 생각이 미치지 못하는 주님의 평화로 주님을 알고 성모님을 의지하고 사랑하는 저의 마음과 생각을 지켜 주시기를 간구하며 오늘 하루를 시작한다.

옛 삶의 추억

파란 하늘에 몇 가닥 구름이 무리지어 흘러간다. 나는 문득 내 인생도 어느 한 곳에 머물지 않고 어디론가 흘러가고 있음을 알게 된다.

오랜만에 청과시장을 찾았다. '창신상회' 간판을 내리고 이곳을 떠난 지도 어언 7년여의 세월이 지나고 있다. 32세에 이곳 시장에 들어와 69세가 될 때까지 새벽별 보고 집을 나와 밤별 보면서 집에 가기를 반복했다. 온 젊음을 이 시장 안에서 보냈다. 치열한 경쟁 속에서 나라는 존재도 잊은 채 사업에만 몰두하며 살았다. 오로지 사업해서 돈을 벌어야 한다는 생각만 머릿속에 가득 차 있었다.

우리 가게 옆에서 간이 사업을 하던 J 내외는 계속해서 장사를 하고 있었다. 찾아가니 반갑게 맞아주며 아이들 안부며 지난날 이야기로 시간 가는 줄 몰랐다. 지금은 그때처럼 바쁘지 않고 장사도 잘 되지도 않지만 어쩔 수 없이 붙들고 있다고 한다. 적당히 위로

해 줄 말이 없어서 혼자 힘들어 그만두었는데 할 일없이 놀고 있는 것이 얼마나 힘든지 몰라, 할 수 있을 때까지 놓지 말고 일 해야 건강도 지킬 수 있다고 말을 건넸다. 포도 때문에 시장을 떠들썩하게 했던 애기를 할 때는 설로 웃음이 나왔다.

김천 포도가 한참 나올 무렵이었다. 물건을 사려면 일찍 나와서 어느 것이 좋은지 확인하고 입찰을 해야 하는데 남편은 전날 먹은 술로 늦게 나가 붉고 덜 익은 포도를 입찰이라고 해 왔으니 기가 막혔다. 나는 그때 시장에 나가 가게 일을 도운 지 두 달 정도 되었을 때였다. 잘 모르는 내가 봐도 그건 아닌 것 같았다. 자기가 봐도 한심스러운지 아무 말이 없다. 계산서 끊기 전에 빨리 해결하고 오라고 해도 그냥 앉아만 있기에 성화를 내니 가도 안 된다고 하며 한숨만 쉬고 앉아 있는데 기가 막혔다. 한두 짝이라야지 칠십여 짝이 넘는 물건을 얼마를 밑지고 팔며 어디다 팔아야 하는지 입이 바싹바싹 말랐다. 앉아있는 그이 보고 이러고 있으면 어떻게 해, 손님들 올 시간 다 됐는데 하니 가도 소용없으니 밑지고 팔아야겠단다.

마음 급한 내가 포도가게로 쫓아갔다. 사장에게 찾아온 이유를 말하니 느닷없이 하는 말이 "뭐야? 사내놈이 제 눈깔로 보고 사가고 새벽부터 기집이 와서 시끄럽게 굴어?" 하는데 숨이 막혀 쓰러질 것 같았다. 험한 말을 들으면서도 나는 침착하게 그를 쳐다보며 "젊은 여자한테 너무 경박스런 말 아닌가요? 점잖은 사장이 왜 이리 상스러우세요? 물건에 하자가 있어 문의가 오면 무엇이 잘못됐나 살펴보고 서로 손해 없도록 해주는 것이 상거래 아닌가요?" 따지니 "내가 강매했어? 제 눈깔로 보고 사고 왜 기집이 와서 시끄럽게 굴어!" 하는데 아니다 싶어 포도를 한 짝 들고 가서 눈으로 보고 가치대로 정정 해 달라고 하니 재수 없이 새벽부터 지랄이야 하면서 포도 짝을 들더니 나한테 던지니 포도가 사방으로 흩어져 엉망이 되었다. 그 가게에 계신 분이 더 험한 꼴 당하기 전에 나가라고 한다. 나는 말없이 포도를 주워 담아 그 포도 상자를 들고 사무실에 들어가 책상 앞에 앉아 있는 그 앞에 포도 짝을 엎어 버리고 단호하게 말했다.

"수정해 오거나 도루 실어가거나 내가 인정할 수 있게끔 해결해 주지 않으면 포도 책임은 안 질 테니 맘대로 하세요. 나를 잡아먹든지 당신 방식대로 맘대로 하세요. 내가 이렇게 당하고 참 어이가 없네요. 억지로 어물쩍 넘어갈 나는 아닌 줄만 아세요."

이렇게 말하고 가게로 오는데 땅을 밟고 가는지 공중에 떠서 가는지 정신이 없다. 저런 사람인줄 알았을 텐데 돈을 벌겠다고 거기 가서 물건을 사왔는가 싶어 한심한 생각이 든다. 초주검이 되어 가게에 오니 그이가 없다. 옆집 친구와 한 잔하러 간 모양이다. 나는 이런 식으로 장사를 하니 이 모양이구나 하는 생각을 했다.

직원에게 자두와 토마토만 진열하라 이르고 앉아 있는데 포도를 판 상회에서 연락이 왔다. 파는 대로 입금하라는 연락을 받고 직원에게 차로 돌아다니며 파는 분과 리어카로 파는 분께 전화로 오시라 이르고 간이침대에 누웠다. 가슴이 울렁거리고 머리도 아프고 너무 속상해 엎드려 한참을 울었다.

그분들이 오셨기에 포도를 보여주니 너무 붉다고 힘들다며 안 한다는 것을, 값은 돈이 남도록 말씀 하시고 처분해 주세요. 부탁하니 자기들이 의논하더니 값을 말하기에 알았다며 그 대신 돈은 일시불로 해달라고 했다. 포도는 깔끔하게 정리했다. 운임은 내가 손해보고 판매 일지를 가지고 가서 정리 해주고 끝냈다. 문제 있는 물건은 빨리 처리해야지 시간이 가면 갈수록 골치 아프고 힘이 들기 때문에 이런 일이 있을 때는 신속히 처리해야 손해도 덜 보고 속도 덜 상한다. 포도 가게 사장은 건달 출신이라 잘못된 물건이라도, 손해를 봐도 말을 못한다면서 물건 값 깎은 사람은 이 시장에서 창신상회 여자뿐이라며 조그만 여자가 당차다고 한 마디씩 하는데 서먹하고 쑥스럽기까지 했다.

그날 이후로 모든 것을 분명히 하고 거래를 확실하고 신속하게 처리해주니 좋은 물건이 들어오면 전화가 왔다. 가게에 들러 가라고 해서 가보고 물건이 들어와 있어 살펴보고 맞으면 옮겨다 팔아서 입금 시켜주어 신임을 얻으니 시장생활이 수월하고 돈도 저절로 벌게 되었다.

시장이란, 상거래로 이루어지는 곳이라 믿음이 가고 신용이 있으면 돈도 벌고 관계도 좋으나 믿음이 없으면 삭막하고 냉정한 곳이다. 시장에 들어와 인생 경험 뼈아프게 하고 돈도 벌었고 아이들도 모두 잘 자라주어 지금은 감사하면서 살고 있다.

나는 자기에게 주어진 삶에서 얼마만큼 최선을 다하고 사느냐에 따라서 편안한 내일이 있음을 알았다. 내가 어떤 삶을 사느냐에 따라 먼 훗날 내 모습도 변해 있을 것 같다. 장사에 찌들어 험한 모습만 아니었으면 좋겠다. 올바른 가치관을 갖고 따뜻한 마음으로 살아야 후에 우리 아이들도 바른 생활로 이어가지 않을까 생각해본다.

자식은 부모의 뒷모습을 보면서 성장한다는 옛 성현 말씀이 떠오른다. 태산 같은 자부심을 갖되 누운 풀처럼 겸손 하라는 말을 새기며 오늘 하루를 되돌아본다. 일정한 속도로 쉼 없이 흘러가는 것은 세월뿐인 것 같다.

하숙생

가수 최희준의 하숙생은 지긋이 나이 든 사람에게는 친숙하게 알려진 노래이다. '인생은 나그네길, 어디서 왔다가 어디로 가느냐.'로 시작되는 이 노래를 흥얼대다보면 내가 바로 이 세상에 하숙생이란 생각이 든다. 노랫말 중에서 나는 '나그네'라는 말을 참 좋아한다. 우리 인생이 바로 길 위에 선 나그네란 느낌이 들기 때문이다.

천주교 신자들은 우리가 어디서 왔으며 어디로 가는지 분명하게 알고 있으며 그곳을 향해 인생의 길을 묵묵히 굳은 믿음으로 가고 있다. 하느님의 계시로 어머니를 통해서 이 세상에 태어났다가 하느님께서 부르시면 언제고 나의 분신인 육신을 벗어나 하느님 곁으로 가는 교리를 익혀 우리가 가는 길을 알고 있기 때문이다. 천주교 신자들은 이 세상을 살다 가는 동안 자유롭게 즐기며 사는 삶 보다는 진실하고 이웃을 사랑하고 어렵고 힘든 이들을 보살피는 삶을 살아야 한다는 주님의 가르침과 진리에 따라 살아가기를 소망한다.

천주교의 첫째 교리는 '네 이웃을 네 몸같이 사랑하라.'이다. 불교에서는 자비를, 천주교에서는 사랑을 말씀하신다. 천주교 신자들은 믿음으로 자신에게 주어지는 고난이든 역경이든 묵묵히 자신에게 주어지는 십자가를 안고 하느님께 이 힘든 여정을 이겨 나갈 수 있는 지혜를 주시라고 기도를 한다. 하느님께서 주시는 고통이 나를 사랑하시기 때문이라는 진리에 주님의 뜻을 순명으로 어긋나지 않는 삶을 살 것을 굳게 다짐한다.

나는 세상에 태어나서 돌고 돌아 별내동에 살고 있는데 이 작은 동네가 내 인생의 종착지가 아닌가 싶다. 이곳은 한 인생이 길을 가며 겪은 일들이 그 안에서 깊은 추억을 만들어 가는구나 하는 생각이 든다. 나는 어쩌다 여기까지 흘러와 고단했던 추억을 떠올리고 있는지 싶다. 욕심스럽게 나만을 위해 내 가족 평안만을 챙기며 이기적으로 살아온 지난날이 허무하고 후회되기도 한다. 신자이면서 주님의 뜻에 맞는 삶이 아니었음을 알기에 이제야 깨닫고 주님의 뜻을 받들어 주님의 계명에 따라 살려 노력하지만 쉬운 것 같으면서도 참으로 어렵고 힘이 든다. 다가가기도 어색하고 자연스럽게 행동에 옮겨지지가 않는다. 선한 일을 하는 것이 얼마나 어려운 일인지 깨달았다.

이 세상 하숙이 끝나는 날이 언제일지 모르나 그날까지 몸은 쇠

약해지겠지만 마음만은 청춘으로 살아 생명력 있는 인생으로 남고 싶다. 남은 생, 후회 없이 이 세상에 여행객으로 등산하고 가는 인생으로 미련 없이 떠나는 행운이었으면 좋겠다.

행복을 추구하는 인간

　사람들은 하루가 다르게 변화하는 시대에 적응하기 위해 안간 힘을 쓰며 살아가고 있다. 사회가 빠르게 변화하는 만큼 현실에 적응하기 위해 바쁘게 살고 있는 것 같다. 현실에 적응한다는 것은 행복해지기 위한 삶의 이유가 아닌가 싶다. 하지만 빠른 속도로 변하는 세상에서 젊은 세대는 잘 적응하겠지만 노인 세대는 더 뒤로 처지는 느낌이다.

　어느 날 은행에 갔다. 나는 통장 업무를 자동화 기기에서 하지 못한다. 꼭 창구를 이용한다. 송금을 하려는데 보내는 이, 받는 이, 통장 번호에 주민번호 그리고 전화번호까지 입력해야하는데 누르다 보면 잘못할 때가 많아 짜증이 나서 시간이 걸려도 창구 앞에서 기다린다. 세상이 빠르고 편리하게 변하는 만큼 우리 세대에는 적응하기가 더 힘들다. 현재의 사회는 살기 편리하고 간편하지만 나에게는 반가움보다 당황해지고 낯설어 위축되고 더 힘들어짐을 느낀다. 젊은 세대나 좋은 세상이지 나는 더 소심해지며 바보가 되어 가는 것 같다. 너나없이 빠르게 돌아가는 세대에 살고 있는 이들을 보면 얼마나 힘들고 어려울까 염려되며 우리의 젊었을 때를 생각해 본다. 삶의 무세에 눌려도 살아갈 이유가 있어 더욱 노력하게 되고 힘도 생기는 것임을 알았으면 좋겠다.

나는 지금까지 살아오면서 행복한 삶을 위해서, 노후에 편안히 살기 위해서라는 생각을 해본 기억이 없다. 앞에 닥쳐오는 일을 하면서 열심히 살다보니 여기까지 와 백발의 노인으로 앉아있다. 행복을 생각하고 노후를 생각했다면 이보다 다른 생활을 하고 있을 거란 생각이 들고 아쉬운 마음이 든다. 사람들 모두가 막연히 행복해지기 위해 편안한 내일을 위해 예외 없이 갈망하면서 동분서주 하고 있는 것 같다. 행복의 실체는 어디 있고 어디서 찾아야 하는지도 모르며 행복한 삶을 위해 달려가 보면 행복은 보이지 않고 복잡한 생활의 일들만 남아 있을 때 허무함을 느껴 본 사람은 알 것이다. 행복은 내가 스스로 느끼는 것이지 그 행복이 내 앞에 다가오는 것이 아님을 깨닫는다. 행복을 느끼며 만족한 생활을 하는 사람이 얼마나 있을까 생각해 본다.

사람은 물질적인 욕구나 희망하는 바가 채워졌을 때 만족하고 행복을 느끼며 계속 생활을 이어갈 수 있을까? 나를 뒤돌아본다. 집이 없었을 때는 내 집만 있으면 바랄 것이 없을 거라 생각했다. 집을 사고 얼마 지나고는 집이 나의 전부가 아니고 또 다른 것을 찾아 욕심을 부렸던 나를 돌아본다. 행복한 삶을 추구 하면서도 만족 할 줄 모르고 욕망 속에서 자신을 더 속박하고 살아온 것 같다.

행복은 물질에서 오는 것이 아니고 마음에서 선택할 수 있으며 내 자신의 뜻에 따라 행복을 택하거나 버리거나 하는 것은 아닌 것 같다. 사람은 많은 물질도 지식도 아니고 내 자신의 존재 가치를 인정해 줄 때 느끼는 이상, 행복이 없음을 깨닫는다. 나를 인정해주고 관심 갖고 좋은 평가를 해줄 때에 행복감을 예전에는 몰랐었다. 예상 외로 생각 못했던 돈을 많이 벌었어도 만족함은 있었어도 내가 주위에서 인정받고 관심 속에 사랑받고 있다는 것을 느꼈을 때에 행복함은 없었던 것 같다.

내 이웃에 사랑과 관심과 칭찬을 공유 하면서 더불어 살아갈 때 진정한 행복이 오는 것 같다. 풍요로운 삶, 최고의 권력이 인간의 행복을 주는 것이 아니고 지혜롭게 처신할 때 자신이 만족한 행복을 느끼는 것임을 이제야 깨닫는다. 진정한 행복을 느끼며 평안한 세상을 살기가 얼마나 고달프고 힘든 일인 줄 안다. 미움이 생길 수도 있고 시시각각으로 닥쳐오는 생활의 변화를 겪으며 마음 역시 바뀌는 것을 자제할 능력이 없음을 안다. 굳은 의지와 노력과 모든 것을 초월할 수 있는 지혜와 겸손을 갖춘 삶이어야 함을 느낀다.

좋은 글이 있어 메모 해 두었는데 옮겨 본다.

"쾌락은 극도로 즐기지 말 것이며 욕심 또한 따르지 말 것이다."

행복이란 마치 사막의 신기루와 같은 것이고 그 행복을 내 것으로 만들었다 해도 느끼는 순간에 없어지고 허상만 남아 있는 것과 같다. 우리는 영원한 행복을 갈망하고 소원하고 있지만 불완전하고 한시적인 이 세상에 행복은 우리의 애틋한 염원을 영속적으로 채워줄 수 없다는 것을 이제야 깨닫는다. 이 세상의 모든 삶을 초월할 수 있는 진실한 마음 안에 욕망을 비워내고 사랑 가득한 따스한 마음일 때 참 행복임을 믿는다. 나는 고요한 마음으로 영혼을 팔아 현실을 풍요롭게 하는 삶에 대해 죄인의 심정으로 되새겨 본다. 나만의 행복을 찾는 것이 아니고 더불어 사는 삶에서 행복이 나에게 다가옴을 느끼며 겸손과 비움의 생활에 만족하고 살아가는 삶을 살 것을 다짐하며 나의 모두를 성모님께 의탁하며 기도드린다.

이제 나에게는 어느 날이 나의 마지막 날일까? 묵상해 본다. 어느 계절이든 따뜻하고 화창한 날이면 좋겠다. 평생을 믿음과 순종과 겸손으로 사신 성모님을 묵상하며 남은 생 동안 성모님을 내 안에 모시고 성모님께서 사신 삶을 따를 것을 마음에 새기며 간곡히 기도 올린다.

간절한 소망

　나에게는 흙으로 돌아가는 날까지 함께 할 동반자가 있다. 나의 분신과도 같은 묵주를 두고 하는 말이다. 하나는 가지고 다니기 좋게 실로 매듭지어진 줄에 까만 돌로 만든 묵주이고 하나는 가는 철사 줄로 엮어 만든 줄에 장미꽃이 새겨진 나무로 만든 예쁜 묵주이다. 이 묵주는 어머니께서 30년 전에 로마 여행 가셨다가 베드로대성전에서 사다 주신 것으로 어머니를 그리며 아침저녁으로 기도를 한다.

　두 묵주는 나의 영원한 동반자이고 내가 하늘나라로 돌아갈 때도 같이 갈 영원한 친구이다. 이 외에도 묵주는 여러 개가 있지만 하나는 집에서, 하나는 들고 다니면서 이 두 개의 묵주로 기도를 한다. 묵주는 나를 보호하고 올바른 가치관으로 살라고 지켜주는 나의 동반자이고 수호자이다. 마음이 심란해지면 이 묵주를 들고 기도를 올리면 나의 가슴에 불어오는 바람을 가라앉히는 힘이 되고 위안이 된다. 어느 지인이 나는 나하고 싶은 대로 살아간다고 말하는 것을 듣고 당당한 모습에 좋아 보였지만 내 마음도 때로는 아주 약해질 때가 있다. 이런 마음을 지켜주는 힘이 바로 묵주이고 기도이다. 끝까지 나를 바르게 살게 하고 마음의 갈등에서 지켜주는 나의 분신과 같은 이 묵주는 나와 함께 할 영원한 동반자이다. 마음에 바람이 들었는지 심란하고 안정이 안 될 때 짜증스럽고 힘들어 나약해진 나에게 희망을 주고 힘이 되어주는 이 묵주는 나의 버팀목이고 나의 믿음이고 친구이다.

시시각각 변하는 나는 믿음이 부족하고 신심이 약해서인지 가슴에 폭탄을 안고 사는 것처럼 어수선할 때도 있다. 그때마다 반성 하면서 '내 탓이요, 내 탓이요'를 되뇌며 지난 잘못을 침묵 속으로 보내려고 열심히 기도를 한다. 돌이켜 보면 살아오는 그동안 참 많은 행운을 선물로 받았음을 느낀다. 이점만은 잊어서는 안 됨을 알기에 가슴에 성호를 그으며 감사의 기도를 올린다. 잠시 갈등과 공포도 두려움도 주님께서 주시고 저의 신앙을 일깨워 주시는 삶의 한 조각이라 생각한다. 마치 가을에 나무가 자신의 잎사귀를 모두 털어내고 알몸으로 겨울을 지날 때 봄의 기운을 맞이하듯이 우리도 어느 순간 내 안이 텅 빈 것처럼 느낄 때 하느님은 당신의 현존으로 가난한 내 영혼을 흠뻑 적셔주신다. 모든 여정에 주님께서 함께 하시고 좋은 이웃의 벗들과 함께할 수 있도록 허락해 주심에 감사하는 마음으로 묵주를 어루만지며 기도드린다. 나의 간절한 소망은 주님께 사랑 받는 딸이 되는 것이다.

02
—
세 분의 어머니

나는 오늘

　침대에 앉아 창문으로 눈을 돌리면 불암산이 보이고 침대에 앉아 창문으로 눈을 돌리면 밝은 달이 보인다 타들어 가는 세월 속에 아픈 울음 짓다가 타들어 가는 세월 속에 행복 웃음 짓는다.

　침대에 앉아 마음의 문을 열면 실타래에 엮인 추억이 떠오르고 침대에 앉아 마음의 문을 열면 그리운 이의 모습이 떠오른다 알 수 없는 세상일 하늘 한번 쳐다보고 울음 짓다가 알 수 없는 세상일 하늘 한번 쳐다보고 웃음 짓는다.

　나는 오늘 침대 위에서 작은 우주를 가슴에 담는다 기쁘면 웃고 슬프면 울고 신나면춤을 추는 단순한 나인 것을 안다.

나의 기도

주님과 함께 살아가기를 원하지만 세상일에 마음을 빼앗겨 주님을 잊고 살아갑니다. 그럼에도 저를 어버이처럼 돌보아 주심에 감사드립니다. 이기심과 무관심으로 저지르는 모든 잘못을 용서하시고 어두워진 제 영혼을 비추어 주시어 밝고 따뜻한 마음을 지니고 살아가게 하여 주소서. 이기심과 허영, 열등감과 자만의 찌든 죄를 걷어내고 참 신앙인으로 살아가려고 노력하겠습니다.

그동안 무디어진 양심을 반성하며 살지 못함으로 제 자신을 다듬지 못했습니다. 나누며 더불어 살아가는 마음 또한 부족했습니다. 제 자신의 뜻에 눈을 감고 주님의 뜻에 눈을 뜨게 하소서. 나눌수록 커지는 사랑의 마음을 맛들이게 하시고 이웃들과 저 자신과 사물을 사랑하는 마음을 주시어 주님 안에서 지혜로운 삶의 은총 주소서. 주님을 찾아 헤매지 않아도 매일의 삶 속에서 주님을 만나며 겸손을 잃지 않고 주님의 빛 안에 머물게 하소서. 주님 저를 비추어 주소서. '코로나19'로 힘들어 하는 저희들을 굽어보시고 거두어 주시어 일상생활로 돌아가게 해 주소서.

간절한 마음으로 기도드립니다.

그리운 엄마

오늘은 '성모승천대축일'이다. 성모님께서 영혼 육신이 함께 하늘로 오르신 것을 기념하는 날이다. 우리 신자들에게는 의미 있고 뜻깊은 날이다.

나는 성모님을 바라보며 기도하고 있는데 돌아가신 어머니의 모습이 겹쳐와 나도 모르게 엄마하고 불렀다. 엄마를 입에 올리는 순간 울컥하는데 앞에 계시면 꼭 안아드리고 싶은 마음이었다. 나는 엄마를 떠올리며 성모님 상을 넋 놓고 바라보았다. 언제나 힘들 때마다 성모님을 찾는데 항상 인자하신 모습으로 맞아주신다. 그 앞에 앉아 바라보고 있기만 해도 몸도 마음도 가벼운 마음으로 일어설 수 있는 힘을 얻곤 한다. 일어서서 돌아가면서 나는 성모님을 위해서는 아무것도 한 일이 없음을 느끼며 입버릇처럼 '어머님, 죄송합니다!' 기도하면서 진실하게 배려하는 마음으로 살 것을 다짐해본다.

나는 집으로 돌아오는 중에 생전, 9남매를 키우시던 엄마의 모습이 자꾸 떠올라 냇가 다리 밑에 자전거를 세우고 돌 위에 걸터 앉아 엄마와의 추억을 되새겨보았다. 많은 자식을 키우시며 명절이면 한복을 챙겨 주시던 엄마, 저녁이면 등잔불 아래에서 해진 양말을 꿰매느라 애쓰시던 엄마가 너무 그립다. 언젠가는, 우리에게 한 번도 짜증을 내지 않고 성격 급한 아버지가 혼을 내면 어깨를 들썩하며 싱긋 웃음으로 답하시던 엄마가 바보 같다는 생각을 해본 적이 있다. 엄마의 아름다운 모습이었던 것을 이제야 깨달은 이 딸이 후회와 그리움으로 엄마를 불러본다. 한때 결혼 생활이 어려워 아이들을 데리고 엄마한테 이혼하고 내려올까 하고 말을 했었다. 가만히 계시던 엄마가 진지하게 너의 시어머니가 건강하시면 그렇게 하라고 하고 싶은 것이 이 어미의 마음이다. 나도 윤석이 아범이 싫다. 너의 시어머니가 누워 계시는데 그런 분을 두고 집을 나온다는 것은 신앙인이기 전에 사람의 도리가 아니다. 어머니 혼자 두지 말고 내일 바로 올라가거라. 아이들은 방학 끝날 때 올려 보내마. 주님과 성모님께서 분명히 지켜주실 것이다, 하시며 나에게 바로 돌아가라고 했다. 그때 엄마의 마음은 얼마나 아팠을까 하는 생각이 떠올라 목이 메고 눈물이 흘러 흐르는 냇물에 시름을 얹어 보내고 눈물을 닦고 나서 엄마의 딸이었던 것에 감사기도를 드리며 집으로 향했다.

"인자하시고 항상 따스한 미소로 맞아주시는 성모님, 생전에 포근하셨던 엄마가 그립습니다. 부디 우리 엄마의 영혼이 성모님의 따뜻한 품안에서 행복하게 지낼 수 있기를 간절히 기도드립니다."

내 어머니

언제 어디서 불러도 가슴 찡한 단어 하나가 있다면 '엄마'일 것이다. 자식들을 위해 궂은일을 마다하지 않아 굵어진 손마디와 거칠어진 손, 세상에서 가장 아름다운 그 손에 들린 묵주를 한 알 한 알 굴리며 기도하는 정성이 눈가에 맺힌다. 살아생전, 엄마에게 전화하면 너희를 위해 9일 기도를 하고 있다, 하시던 음성이 들려오는 듯하다.

어느 곳에 있어도 목메게 하는 엄마의 이름, 낳아 주시고 길러 주신 어머니의 삶 안에서 나는 때때로 성모님의 마음을 느낀다. 한 생을 하느님이신 아드님을 위해 아드님과 함께 사신 성모님에게서 완전한 신앙인의 자세와 응답을 배운다. "저는 주님의 종입니다. 말씀하신대로 저에게 이루어지기를 바랍니다." 하신 성모님 같은 믿음으로 저도 순명하는 참 믿음으로 응답하는 제가 될 수 있도록 어머니께 전구한다. 완전한 믿음의 여인이신 어머니를 통해 우리도 하느님께 다가가 본다. 우리가 매일 바치는 묵주기도는 가톨릭 교인들의 가장 강력한 기도로 신앙인들의 구원을 이끌어 준다. 묵주기도는 네 단계로 환희의 신비, 빛의 신비, 고통의 신비, 영광의 신비로 이루어진다.

성모님 안에서 삶의 여정은 우리 신앙인에게 믿음을 더해주고 희망을 샘솟게 한다. 우리는 사랑이신 하느님께로부터 와서 사랑의 삶을 살다가 그분께로 돌아가야 한다. 이처럼 신앙인에게 좌표를 일깨워주고 방향을 일러주시는 성모님께 우리는 묵주기도 외에도 삼종기도를 드리며 전구를 청한다. 우리에게 육신의 어머니를 주심은 성모님께서 모두에게 고루 미치지 못하시기 때문에 어머니를 갖게 하셨다는 신부님의 강론을 생각 한다. 어머니들의 자식 사랑엔 자신의 모두를 희생하시는 것을 보며 가슴이 뭉클 했다.

"성모 어머니, 어머니의 자녀 되어 주님께 나아갈 수 있는 은총 주시기를 청하옵니다. 바른생활과 주님을 향한 믿음으로 살아가는 지혜를 주소서. 성모님께 저의 모두를 봉헌합니다. 성모 어머니, 저의 엄마 오틸리아를 기억하시어 함께하시는 특은을 주소서. 루치아가 간절히 청원 드립니다!"

면회

　설 전, 일요일에 큰딸이 전화로 이번 설날에 정익이 면회를 가는데 엄마도 같이 가요 한다. 최전방이라 민간인은 갈 수 없는 곳인데 손주가 있어 면회 신청하면 갈 수 있으니 엄마도 함께 가자고 해서 주소 등 인적 사항을 일러주었다. 조상님께 드리는 위령미사는 새벽 6시로 신청하고 설음식 준비하기보다 여행 준비를 하였다. 아들네도 큰 손주 면회를 설날 아침에 평택까지 가야한다고 하여 설날은 빈집이 되었다. 새벽미사를 다녀와 아침은 간단히 먹고 아들 내외가 먼저 떠나고 나는 딸을 기다리며 왠지 마음이 착잡했다. 지금까지 살면서 설날 아침에 집을 비워보기는 처음이었다. 세상이 좋은 건지 세상이 바뀐 건지 이해하려고 했지만 마음은 여전히 씁쓸했다. 분주하게 장만하던 설음식도 이제는 사라지고 추억으로 남아 마트에 가서 모든 것을 해결하는 시대가 왔다.
　면회를 가면서 사위가 일러주는 북녘의 산천을 건너다보면서 고요하고 평화로워 보이는 저곳이 적지로 서로 총을 겨누고 있음이 참으로 안타깝다. 임진강을 끼고 파주, 문산을 지나 북으로 올라 갈수록 적막감이 돌고 마음이 편하지 않고 무엇 때문에 왜 같은 민족끼리 총을 겨누는 적이 되었을까 안타깝다. 검문소를 지날 때마다 주민등록증을 건네주고 차문을 열어 얼굴 확인을 하는 데, 내 나라 길을 가는데도 이래야 되는가 싶다. 위정자들의 욕심 때문일까, 아니면 이념 때문인가, 많은 생각 속에 머리가 혼란스럽다. 검문소를 지날 때에는 방어벽이 여기저기 설치되어있어서 지그재그로 지나갔다. 차로 도망 못 가게 방어해 놓은 것이란다. 긴장감이 들고, 이런 모든 것이 언제쯤에 사라져 평화가 올 것인가 북녘 하늘을 보면서 기도했다

멀리 건물이 있는 곳이 개성공단이란다. 오가는 사람도 없고 고요한 정경이 평화로워 보이는 것이 아니라 침묵 속 어둠에 갇혀있는 느낌이 들어 안타까웠다. 산속에 여러 채의 건물이 보이고 넓은 경내로 들어가 차를 세우고 면회소로 가는데 군인도 민간인도 볼 수가 없다. 한쪽 건물에서 군인이 혼자오고 있는데 가까이오니 내 손주가 아닌가. 반가워 정익아, 부르니 할머니 하며 달려와 덥석 안아주는데 우주를 준다 한들 이보다 더 행복할까 싶다. 이곳에서 보니 더 애틋하고 대견스럽고 자랑스럽다. 보고 또 보아도 흐뭇하다. 장만해 간 음식을 펼쳐 놓으며 내무반에 남아있는 친구 있으면 나오라 해서 친구 두 명과 둘러앉아 먹는 음식 맛이 너무 좋았다.

손주 친구들도 회며 찜 불고기를 어찌나 맛있게 먹던지 보고만 있어도 배부르고 대견스럽다. 딸이 푸짐하게 준비해서 풍족하게 먹으니 마음이 흡족하다. 점심 후 영내를 둘러보았다. 교회와 절, 성당이 있고 전시관이 있어 관람하는데 사진으로 당시의 상황을 보면서 안타깝던 마음이 새롭게 다시 되살아났다. 영내 외에는 못 가게 돼있어 북쪽을 보면서 저렇게 평화로워 보이는 저곳이 적지란 것이 실감이 나지 않는다. 같은 민족이고 글도 같고 언어도 통하는 저곳이 적지고 총을 겨누고 대치하고 있는 이 상황의 근본 원인은 무엇 때문인가 생각하게 한다.

뜻깊고 아쉬움이 있는 여행이었다. 손주에게 몸 건강히 잘 지내라며 당부하고 꼭 안아주니 할머니도 건강하셔야 돼요 하는데 눈물이 나서 민망했다. 딸에게 핀잔도 듣고 아쉬움 가득 안고 돌아왔다. 쓸쓸해 보이던 개성공단의 건물들, 고즈넉하게 보이던 북의 산과 들, 내 마음에서 오래도록 잊히지 않을 것 같다. 기억 속에 아련히 남을 여행이었다. 철책이 언제 걷어 지려는지 먼 허공을 바라보며 다시 주님께 간절한 마음을 담아 기도를 올렸다.

"주님! 이 땅에 평화를 내려주소서. 서로 오고 갈수 있는 길을 열어주시고 평화와 사랑의 길을 우리에게 내려주소서. 아멘."

모진 인연

고모님께서 큰길 옆 장미다방에 가면 누가 널 기다린다기에 고향 친구가 왔나 싶어 나갔는데 낯선 남자가 나에게 손짓을 한다. 웃는 얼굴이 그리 낯설지 않고 호감이 가는 인상이었다. 첫 인상이 좋아 편안한 마음으로 마주 앉아 이야기를 나누었다. 그는 고모의 아들을 가르치던 학원 선생이었고 성당에서 나를 본적이 있다고 했다. 말소리가 조용조용하고 허세도 없이 진중한 모습에 거부감 없이 차를 마시며 대화를 이어갔다.

우리는 1970년 4월 15일 명동성당에서 결혼식을 올리고 용두동에 신혼살림을 차렸다. 셋방에 살면서도 첫 아이가 태어나고 사랑이야기가 넘치는 가운데 행복을 만끽했다. 나는 그를 바라보면 행복했고 진실한 남자를 만나게 해 주신 주님께 감사했다. 적은 월급을 쪼개 적금도 들고 알뜰한 살림으로 서로 믿음 가운데서 존중하며 살았다. 어느 날 시장에서 위탁 판매를 하시는 분이 그이에게 자기 상회에서 서기를 맡아달라는 부탁을 했다. 호사다마라고 했던가. 시장으로 출근하면서 그의 생활이 달라지기 시작했다. 주변에 술친구가 늘어나며 지금까지의 생활이 180도 변화되어 가고 있었다. 그의 근원적 경향이 분수처럼 솟아오르고 있었다. 나는 몇 번을 우리는 지금 즐기며 살 때가 아니라며 진지하게 부탁해도 그의 생활은 변하지 않았다.

어느 날 남편은 자기도 가게를 얻어 장사를 한다기에 걱정이 되면서도 무언가 하려는가 보다 하는 기대로 동의를 했다. 장사할 사람이 아닌데 하면서도 시장에서 5년을 지켜보았다. 불행하게도 내가 걱정했던 일이 현실에서 일어나고 있었다. 나는 아이를 데리고 가게를 도와주면서 장사를 익히는데 적자를 내는 이유와 이렇게 해서는 절대로 안 되는 이유가 있음을 알았다. 그이만 믿고 있을 수가 없었다. 빚만 늘어가는 가게에 나가 지켜보면서 시장 원리를 하나하나 익혀 나가기 시작했다. 어머니에게 아이를 부탁하고 본격적으로 장사를 시작했다.

시장에서 생존하려면 거래가 확실해야 하고 강단도 있어야 하는데 매일 술이나 마시는 그를 인정해주고 거래하려는 사람이 없는 상황에 처해 있을 때 절망감은 이루 말할 수 없이 컸다. 나는 이를 악물었다. 그래서 살아남아 우리를 무시하는 저들을 이겨내야 한다는 생각에 두 주먹을 쥐고 다짐을 했다. 아이들에게도 엄마가 바빠지면 너희들도 힘들어지니 알아서 공부하고 할 수 있는 일은 스스로 하라고 일렀다. 대신 엄마가 뒷바라지는 얼마든지 해 주겠다고 약속했다. 장사에만 전념하니 의외로 사업이 잘 되어 주위로부터 인정도 받게 되고 신용을 얻게 되니 시장 생활이 편해지기 시작했다.

시장에 들어온 지 5년이 되었을 때 나는 집을 샀다. 꿈만 같고 보람도 컸다. 기반이 닦이고 열심히 하면 된다는 시장 기본 원리를 느끼게 되는 것도 잠시, 그 사람은 여전히 예전 같은 생활을 당연한 걸로 아는 것 같았다. 그를 통제할 방법이 없었다. 신께서 나에게 시련을 주시는 것 같다는 생각을 했다. 살림을 해 주시던 어머니가 중풍으로 쓰러지고 어머님 간호로 가게는 엉망이 되어 1년 새 빚이 늘어 감당이 어렵게 되었다.

묵묵부답으로 가만히 앉아 있는 그를 보면 원망보다도 측은한 마음이 들었다. 어떻게 하는 것이 현명한 방법인지 아무리 생각해 보아도 막막할 뿐 답이 없었다. 눈물 밖에 나오지 않았다. 집을 팔아 정리하고 다시 시작하자는 마음을 굳히고 그이와 의논하니 알아서 하라고 하는데 실망감은 더욱 커졌다. 한편으로는 저 사람과 어린 아이들을 데리고 살아갈 일을 생각하니 막막했다. 그는 여전히 생활 태도가 바뀌지 않았다. 오히려 속상하다며 술을 더 마시는 것 같았다. 마누라 미안해서 말도 못하고 술로 마음을 달래고 있는 것 같았다. 말없이 점잖고 과묵한 태도가 좋아서 결혼한 내가 잘못이고 내 탓이지 누구를 원망하겠는가. 이제는 그에게 의논도 안하고 잠도 줄여가며 혼신을 다하여 살았다. 아이들은 주님께 맡겼다. 어머니는 쓰러지신 지 7년 만에 돌아가셨다.

아이가 군에 입대하고 나서 나는 더 열심히 가게를 운영해 나갔다. 그이가 들어오면 오나보다 나가면 나가나보다 하며 살았다. 남편이 사람 취급도 안한다고 투정을 해도 대꾸도 안하고 무시했다. 그이를 보면 말을 할 기분도 상대할 기분도 없었다. 이제 와서 생각하면 식구한테 대접도 못 받고 부인한테 인정도 못 받고 따뜻한 말 한 마디 듣지 못하니 얼마나 외로웠을까 싶다.

회기동 건물을 사고 이사 했을 때, 그이는 친구들을 불러 집들이를 한다고 해서 그러라고 했다. 하지만 그를 이해하기가 내 상식으론 정말 힘들었다. 이사를 해서 얼마 안 되어 그이 옆에는 또 술 좋아하는 사람만 모여 들었다. 정말 희한했다. 그의 얼굴만 쳐다봐도 소름이 돋는 것 같았다. 그가 당뇨로 30여 년을 앓고 있는 동안 그의 몸이 많이 안 좋아 힘들어 할 때도 나는 그를 냉정하게 밀쳐냈다. 지금 와서 생각하면 미안하고 너무 했구나 싶어 후회도 되지만 그때는 정말 힘이 들었다. 그도 마누라가 너무 지독하여 통제할 능력이 안 되어 자기 생활에만 집착한 것 같다. 그가 유명을 달리했을 때 그를 아는 이들이 너무 점잖고 법 없이도 살 좋은 사람이 갔다며 인사할 때에도 나는 달갑지 않게 들렸다.

지금 와서 지난날을 곰곰이 생각하면 정말 좋은 사람이고 남을 배려할 줄 아는 보기 드문 신사였는데 내가 성급하게 그를 몰라보

고 너무 다그쳐 그랬나 싶어 미안하고 죄스러운 마음에 그에게 진
심으로 용서를 청해본다.

삶의 끝자락

늘는다는 것은 앎과 경험이 쌓여 간다는 것이다. 희망은 많은 경험으로부터 오는 여유로움이다. 한때 나는 늙음은 잃는 것, 외로움을 견디고 인내하는 것이라 생각했다. 하지만 나이가 더 들어감에 따라서 알아 간다는 즐거움도 있음을 느낀다. 앞으로 뭘 더 알게 될까. 알면 또 어찌할 건데 여기서 더 좋아지는 방법이라도 있는 것일까? 그건 아닌 것 같다. 육신의 변화에서 오는 신체적 반응은 나를 힘들게 하고 당황하게도 한다. 눈귀도 어두워지고 말도 어눌해지고 낱말이 떠오르지 않아 말을 하려다 포기하게 되고 내가 왜 이렇게 됐나 한심 할 때가 있다. 현관문 앞에 서면 번호도 잊어 생각이 안 날 땐 기가 막힌다. 나의 솔직한 심정은 이쯤에서 내 인생을 끝내면 제일 행복한 삶을 살다 간 나로 기억해 줄 것 같은데 마음대로 안 되는 것이 인생이 아닌가 생각된다.

이제는 있으면 있는 대로, 없으면 없는 대로, 닥쳐오는 대로 살면서 너무 삶에 의미를 부여할 필요는 없을 것 같다. 삶에 시간이 허락 될 때까지 생명의 주인께 내어 맡기고 살면 되지 않을까 싶다. 나도 한때는 희망과 활기찬 젊음이 있었는데, 맑고 청명한 하늘을 보면 돌아가신 부모님의 모습이 겹쳐 떠오른다. 엄마의 땀에 젖은 적삼 냄새가 나는 듯 주위를 살펴본다. 언제나 외롭거나 쓸쓸한 마음이 되면 그리운 고향과 부모님의 모습이 나를 더 우울하게 한다.

옥상 평상에 앉아 구름 한 점 없는 하늘을 보며 엄마 품안에 엎드려 발버둥 치며 소리 내어 울고 나면 꽉 막혔던 가슴이 시원 할 것 같다. 내가 그분 돌아가실 때의 나이가 되어서야 그분도 이렇게 몸이 아프고 힘드셨겠구나, 생각하니 더욱 안타깝고 무심했던 것이 죄스러워 그리움에 목이 멘다. 아버지께서는 지금의 내 나이보다 젊으셨을 때 돌아가셨지만 많은 연세에 돌아가신 것처럼 느껴진다.

마음을 가다듬고 어른다워지는 것은 모든 것을 참고 인내하며 보고도 알고도 모두 모르는 척 초연하게 말없이 사는 삶이 황혼의 끝자락임을 실감하며 마음을 추스른다. 약해진 마음에 굳은 믿음과 신념을 주님을 향한 기도로 오늘의 어지러운 마음을 가다듬으며 주님께 의탁하는 청원의 기도를 올린다.

"어디 계시던 제가 가면 찾아가 큰 절 올리겠습니다. 할아버지

할머니 부모님, 주님 나라에 성모님 동산에 함께 계실 것을 믿습니다. 저도 언제고 주님이 부르시면 미련 없이 '예'하고 떠나가겠습니다. 뵙고 싶고 그립습니다."

삶의 목표에 따라

내가 한창 힘들어 할 때, 친구가 용기를 잃지 말라고 전해준 책이 있다. '갈 봄 여름 없이 꽃이 피네'라는 책이다. 표지만 보고는 따뜻한 시라 생각이 들지 않아 한동안 잊고 있었다. 그러다 문득 친구 생각에 책을 읽기 시작 했다. 복음 말씀을 자신의 삶에 비추어 묵상한 글이었다. '배우며, 살며, 나누며, 사랑하며'의 네 가지 주제로 엮은 생생하고 감동적인 신앙 체험기였다.

저자는 수원 교구에서 말씀 봉사자로 활동하던 중 갑상선 암을 진단받고 투병 중에 다른 곳으로 전이된 심각한 상태였는데 기도 안에서 치유의 은총을 받는다. 그 후로 늦은 나이에 신학대학에 입학하면서 많은 어려움을 겪지만 하느님께서 완성해 주시리라는 믿음으로 공부하여 수석 졸업을 하는 영광을 얻는다. 저자는 배우며 체험한 하느님의 성경 말씀을 목마른 사람에게 영혼과 생명을 살린다는 사명감으로 여러 곳에서 나눔을 실천하며 봉사 하고 있다. 그는 책 속에서, 성경 말씀에 대한 열정이 묻어나며 일상에서 체험한 하느님의 사랑에 눈물이 흐른다는 내용을 적극 전하고 있다.

친구의 따뜻한 우정과 배려하는 마음에 내 곁에도 이런 친구가 있어 행복한 사람이었음을 느꼈다. 나는 이 책을 읽고서 굳은 신념과 신앙과 믿음으로 성경 말씀에서 나의 길을 찾아 주님 앞에 부끄럽지 않고 주님 말씀을 마음 안에 담아 신심 있는 믿음과 참 신앙인으로 살 것을 다짐했다. 이런 계기로 나는 칠흑 같은 어둠에서, 깊은 수렁에 빠졌을 때도 말씀을 붙들고 기어 나와 열심히 살았다. 주님의 말씀이 내 발의 등불이요 희망이란 사실을 실감할 때마다 옷깃을 여몄다. 인생에서 커다란 시련을 맞이할 때마다 성경과 함께한 여정이 얼마나 큰 축복이었는지 지금 와서 고백하며 감사기도 드린다.

누구나 살아가면서 크고 작은 시련을 겪으며 살아가겠지만 나에게만 모든 아픔이 있는 것 같은 순간도 있었다. 시련, 고통이 종합선물 세트처럼 닥쳐왔을 때는 참담했지만 절망 속에서도 용기를 주신 주님의 말씀과 성모님의 인자하신 모습에서 새 삶의 희망을 얻었다. 주님의 말씀은 나를 지탱해 주었고 용기를 주시고 좌절하지 않고 견딜 수 있는 힘을 주셨기에 감사를 드린다. 항상 주님의 수난을 상기하고 성경 말씀을 되새기며 위안을 받고 자신감을 얻어 삶에 희망을 갖고 유지할 수 있었다. 말씀을 붙들고 어려움 속에서도 좌절하지 않고 열심히 살았다.

가끔은 내가 나를 돌아보며 생각한다. 중학교 1학년부터 초등학교에 다니던 두 딸까지 3남매가 아니었으면 그렇게까지 못 살았을 것 같다. 나의 3남매는 내 생활의 버팀목이었고 살아가야했던 희망이었다. 남들처럼 호강은 못시켰어도 고생과 가난은 물려주지 말아야겠다는 일념으로 살아왔다.

저녁이면 오늘 일을 돌아보며 성경 말씀을 묵상 하면서 잠드는 날은 마치 주님의 품속에 말씀의 이불을 덮고 자는 듯 마음 안에 은총이 젖어들었다. 아기가 젖꼭지 물고 잠들어 있는 엄마의 품속 같이 포근하고 아늑했다. 이렇게 자고 일어난 아침이면 몸도 마음도 상쾌하고 가볍다. 가벼운 마음으로 오늘 해야 할 일을 생각하고 아침 기도를 마친 다음 나는 계획대로 움직인다. 나는 일을 할 수 있고 할 수 있는 능력이 있다는 것이 축복이고 행복임을 깨닫는다. 아이들에겐 자상하고 따뜻한 엄마가 아니고 늘 바쁘고 마주 앉아 즐거운 시간을 가져주지 못하는데도 밝게 자라준 아이들 때문에 힘을 얻고 산다. 우리 아이들을 이 세상에서 그 어떤 것보다 사랑하면서도 따뜻하게 한번 안아주며 사랑한다는 말을 못한 엄마는 이제야 미안한 마음에 가슴이 아프다.

여유로운 시간이 많아지면서 살아온 날들을 뒤돌아보면 잘한 일보다 잘 못한 일들이 더 많은 것 같다. 그래도 우리의 삶이란 부족한 것은 마음으로 채우고 열심히 사는 것이 아닌가 싶다. 오늘도

나는 우리 가족을 위해 성모님께 믿음 가득한 신앙의 삶으로 살아
갈 수 있도록 청하는 기도를 올린다.

세 분의 어머니

　나에겐 세 분의 어머님이 계신다.

　나를 낳아 준 어머니, 남편을 만나면서 맺어진 어머니, 내 영혼
의 어머님이다. 나는 이 세 분의 어머니를 모시면서 그 분들이 살
아계실 때에는 어머니를 모시고 산다는 개념도, 잘해드려야겠다
는 마음도 없이 나에게 필요할 때에 해주시기만을 바라고 살았다.
하지만 지금 그분들을 떠올리면 마음이 아프고 미안하고 죄스러
워 머리 숙여 용서를 청해보아도 아무 소용이 없음을 안다.

　나를 낳아준 어머니는 온순하고 조용하며 순종형이시다. 급한
성격의 아버지와 한 번도 큰소리로 다투는 것을 본 적이 없었다.
너무 사랑하고 의가 좋으셔서 9남매를 낳으셨나보다. 항상 긍정적
이고 불평도 불만도 드러내지 않던 조용하던 분이 할머니 돌아가
시고 일 년 뒤 아버지도 돌아가시고 막내가 군대에 가고 혼자 남으
셨을 때 연락드리면 외롭다 하며 쓸쓸해 하셨다. 나는 식구가 많다

가 혼자 남으셔서 그러시는가 생각하고 대수롭지 않게 여겼다. 막내가 제대하고 결혼하고 손주도 태어나고 괜찮으려니 했는데 너무 힘들어 하셔서 병원에 모셨더니 치매 초기 증상이라 하며 의사는 앞으로 약을 계속 들어야 한다고 했다. 딸도 못 알아보시는 중증환자가 되시면서 대소변도 못 가리시는데 기가 막히고 어떻게 해야 될지 막막했다. 그런 어머니는 15년간 자식들을 힘들게 하시고 돌아가셨다. 그때에 애기가 된 엄마를 안아드리고 따뜻하게 해드리지 못한 것이 한으로 남아있다.

나의 시어머니는 친정어머니와는 반대로 급한 성격에 속상한 일이 생기면 화를 내면서 물건도 집어던지고 화가 풀릴 때까지 무어라 야단을 치는데 처음에는 무척 당황하고 어떻게 대처를 해야 할지 몰라 멍하니 지켜만 보고 있었다. 화가 풀리실 때까지 근처에는 가지도 못하고 피해있었다. 같이 살면서 어머니를 알게 되고부터는 신경을 거스르지 않게 잘 해 드리고 시시콜콜 보고하며 의논하고 어머니에게 존재감을 실어드리고 용돈도 충분히 드리니 의외로 어머니는 부지런하시고 마음이 굉장히 여리신 분이셨다. 그런 어머니가 너무나 안쓰러웠다. 아들만 둘이셨는데 시집오셔서 시집살이를 혹독하게 하시면서도 따뜻하게 어머니를 감싼 이 없이 외롭게 사시면서 아들 둘도 의지할 수 있는 아들들이 아니었던 것 같았다. 참으로 불쌍하고 외로우신 분이셨다. 그런 어머니는 우리 집에 오신 지 5년 되었을 때 뇌졸중으로 쓰러지시며 양방으로 한방으로 다스려도 끝내 일어나지 못하시고 칠년 이틀 만에 돌아가셨다. 어느 날 아침, 어머니 혼자 앉아 계시기에 웬일인가 싶어 옆으로 가보니 "너, 나보느라 애 많이 썼다." 하시기에 잘해드리지 못해 죄송해요! 하니 아니다 고맙다는 말씀을 남기시고 그날 저녁 9시에 돌아가셨다. 돌아가실 때 나는 어머니에게 잘해드리지 못하고 어머니 죄송해요, 용서하세요 하면서 어머니를 부르니 힘없이 눈을 뜨시더니 그대로 운명하셨다.

세 번째 어머니는 내가 속상하고 힘들 때면 찾아가 하소연하며 도와주십사고 애원하며 어머니를 힘들게 해 드렸다. 한참을 울면서 어머니를 부르며 올려다보면 어머니는 인자한 눈으로 잔잔한 미소를 띠며 내려다보시는 것 같아 격한 감정이 나도 모르게 가라앉으며 내가 내 자신을 정리해본다. 성경 말씀대로 '다 지나가리라' 주어진 대로 그때그때 최선을 다하고 살자 하면서 다짐하고 연약한 저를 지켜주시고 저의 삼 남매 항상 어머니께 맡기오니 보살펴주십시오! 저의 가정을 지켜주십시오! 간절히 기도하면서 어머니께 말씀드리고 나면 위안이 되고 힘을 얻게 되는 버팀목이셨던 어머니셨다. 어려움 속에서도 흔들리지 않고 살 수 있었던 것은 성모님을 내 안에 모시고 살았기 때문임을 새롭게 느끼며 어머니께 감사드린다. 못난 나를 찾아주신 세 어머니께 간절한 소망을 빌어 감사기도 올린다.

"이 세상을 떠나 당신 곁으로 갈 수 있는 은총을 주시고 지켜주십시오. 세 분 어머니 사랑합니다!"

순종과 믿음

요즈음은 엄마 소리보다도 할머니 소리에 익숙해져 할머니 하고 부르는 소리가 들리면 길에서도 내가 아닌 줄 알면서도 뒤돌아 보게 된다. 어린아이가 할머니를 부르며 가는 모습을 보면 사랑스럽고 귀엽다. 옛날부터 내리사랑은 있어도 치사랑은 없다는 말을 상기하며 지나는 아이들의 천진하고 예쁜 모습에 나의 마음이 흐뭇해진다. 내 아이들도 저렇게 귀여웠을 텐데 이처럼 애틋한 마음으로 정성을 쏟아 키우지 못한 것이 한으로 남아 있다. 아침 등교 시간에 책가방 챙겨주며 잘 다녀오라는 배웅 한번 못한 것이 미안함으로 가슴에 맺혀있다.

나는 성모님께 간절한 마음으로 묵상하면서 묵주를 한 알 한 알 돌리며 정성을 다해 기도를 바친다. 아이들 가정에 안정을 위해 내가 해줄 수 있는 것은 가정의 평안을 성모님께 청원하는 기도를 드리는 것 밖에 없기에 시간만 되면 묵주를 들고 기도한다. 살아오면서 세상 안에서 목적을 이루기 위해 다양한 방법으로 자신의 시간과 능력, 소중한 것을 지불하면서 밤낮을 거꾸로 사는 일에 온 마음을 두고 있었던 것 같은 마음이 들어 이제는 허탈한 느낌마저 든다. 이러한 행동이 내 영혼에 기쁨이나 충만감은 주지 않고 내 마음을 서서히 닫아 눈과 귀와 마음을 막으며 무감각하게 만들어 세상 욕심에서 벗어나지 못하도록 만들었음을 느끼며 깊이 생각한다.

우리 신자들은 누구보다도 하느님과의 만남을 기도와 은총을 통해서 체험한다는 사실을 안다. 주님께서 우리에게 무엇인가를 하시도록 기다리고 내 안에 있는 욕심이나 세상적인 것은 비워내어 우리 자신 가난하게 하여 성모님과 주님을 만나기 위한 삶을 살도록 노력해야 함을 절실히 느낀다. 어느 순간 내 안이 텅 빈 것처럼 느껴질 때 주님과 성모님의 은총이 저의 가난한 영혼을 따뜻이 감싸 주심을 느끼며 감사드린다. 하느님께로 가는 길이 누구나 초대받은 길이지만 힘들고 참으로 어려운 길이기에 삶에서 많은 인내와 기다림이 요구되는 길이기도하다. 나는 삼남매에게 믿음과 순명의 삶을 살아가는 자녀로 주님과 성모님의 참 사랑의 자녀 되기를 간절히 바라며 기도한다. 언제나 "그가 시키는 대로 하여라." 하신 성모님과 같은 믿음과 순종으로 모든 것을 버리고 세상 것들로 꽉 찬 마음을 비워내는 겸손한 자세로 살아 성모님의 사랑으로 가득 채워주실 것을 믿으며 기도드린다.

신앙의 신비

우리 가족에게 신앙의 역사는 한편의 옛날이야기와 같다. 우리는 신앙인으로 살아가는데 있어서 강한 자부심과 겸손하고 굳은 믿음을 지니게 되었다. 끝까지 신앙인으로 살다 가신 조상님의 은덕이라고 생각한다. 그래서 나는 후손의 입장에서 조상님의 종교관을 명확히 밝히고 나아가 나의 종교생활을 정리함으로써 보다 더 긍정적인 삶의 방향으로 이끌어 나아가지 싶어서 글을 써야겠다는 생각을 하게 되었다.

내가 조상님의 종교 관련 이야기를 처음 적기 시작했을 때, 그분들의 험난했던 박해의 역사를 하나하나 기억하며 기록해 가는 것이 많이 힘들기도 했고 띄엄띄엄 전해들은 말을 하나의 글로 엮어 낸다는 것이 제대로 안될 것 같아서 많이 망설였다. 그러나 한 집안의 역사가 세월 속에 그냥 흘려보내는 것보다는 오히려 의미 있는 일이 아닌가 싶어 형제들과 미국에 계신 고모님의 조언을 들어가며 정확한 기록을 남기려 심혈을 기울였다. 글을 쓰는 동안 내 내 서로 연결되기도 하고 생면부지 다른 언어처럼 생소하기도 하였다. 하지만 조상님들의 뜨거웠던 신앙심이 존경스러웠고 그분들의 후손이라는 것이 자랑스러워 눈물이 났다. 단지 나의 기억에 대한 한계와 미력한 글 솜씨가 안타까울 따름이다.

나는 안동 권씨 35대 손으로, 조선 말기 사대사화를 피해 숨어 다니며 고된 피난살이 속에서도 목숨보다 신앙을 우선시 했던 가톨릭 집안에서 태어났다. 환경에 따라 한글을 깨우치기도 전부터 할아버지께 교리문답을 입전으로 익혔다. 할아버지께서는 나를 무릎에 앉혀 놓으시고 한 문장 한 문장 발음도 제대로 안 되는 나에게 교리를 일러주셨다. 할아버지는 내가 여섯 살 때 10월, 위암으로 돌아가셨다. 돌아가시기 전, 퇴원 후 방이고 마루고 동네 분들이 오셔서 할아버지 임종을 지키셨던 그때의 분위기가 아련히 떠오른다. 지금도 할아버지 생각하면 길게 기르신 수염과 따뜻했던 등이 감각으로 느껴지듯 그립다.

우리 조상님들은 조선 후기 예조참판 벼슬을 하셨던 양반가의 집안이었다고 한다. 당시 중국 서적을 통해 들어온 가톨릭 서학을 접하고 뜻이 맞는 학자들과 서학을 논하던 중 천주 교리에 감복하여 신앙생활을 하게 되었으며 천주님 아래 양반, 상놈이 따로 없다며 집안의 종 문서를 모두 불 태우고 종들을 방면한 후 벼슬을 버리고 낙향하셨다고 한다. 당시 남인 학파였으며 학문적으로 뛰어난 선비이셨던 그분들을 아끼셨던 정조 임금님께서 적극 만류했지만 뜻을 굽히지 않자 시골 땅을 하사 하셨다고도 한다. 그 하사 받은 땅에서 농사를 지으며 천주교를 전파 하던 중 방면했던 종들이 달려와 한양에서 천주교도들을 잡아들인다는 소식을 전하여 주었다. 빨리 피하라는 독촉에 족보는 땅에 묻고 종교서적만 지고 깊은 산골로 피난을 떠나 여기저기 떠돌며 숨어 살다가 병인박해가 끝나고 고향으로 돌아오셨다고 한다. 피난시절 이야기는 눈물겹기 짝이 없다. 피난 갈 때는 5형제가 갔는데 백 년간을 떠돌며 때론 잡혀 죽고 여기저기로 흩어져 생사를 모르고 지냈다고 한다. 부모님이 감옥에 갇혀 있을 때 어린아이들이 밥을 동냥하여 부모 옥바라지를 했다. 다음 날이 치명하는 날이라는 것을 어린 자식에게 말 할 수 없었던 부모님은 내일 부터는 밥은 안 가져와도 된다고 말씀하시며 세상이 좋아지면 지금의 고향을 찾아 가라고 어린 자식에게 유언처럼 말씀하셨다고 한다. 그때 그 어린 자식이 나에게는 증조할아버님이 되신다.

박해 때는 피난살이 하던 곳이 여러 군데였는데 베티성지 근처의 '마늘문'이란 곳과 속리산 속에서 살기도 했으며 증조부께서 마지막으로 고향을 가기 위해 머무른 곳은 양지성당 근처 '절골'이란 곳이었다. 우여곡절 끝에 고향에 들어오셔서 지금까지 이어져오고 있다. 어린 시절 우리 집 다락방에는 학자이셨던 조상님들이 쓰던 성서와 교리문답 책이 육십여 권이 있었는데 창호지에 기름 먹인 고서들이 퀴퀴한 냄새를 풍기며 다락을 차지하고 있었다. 부친께서는 이 책들을 무척 아끼셨다. 어린 시절 남동생이 딱지 접는다고 찢었다가 많이 혼내시며 이 책은 선조님들께서 그 어려움 속에서도 간직하신 귀중한 우리 집 보물이라고 말씀하시며 아끼셨다.

그 고서들이 지금은 천진암에 보관되어 있다. 1985년쯤 어느 봄날 신장성당 주임 신부님이셨던 변기영(본시뇰) 신부님께서 우리집을 방문하셨다. 서울대 인문학 교수라는 분과함께 오셨던 것 같다. 부친께서 어찌 여기를 알고 오셨느냐고 물어보니 어느 교우가 아주 오래된 구 교우촌이 있다며 우리 고향 공소 회장이셨던 부친의 함자를 알려주어 찾아오셨단다. 그분들은 조상들의 묘소와 우리 집안 내력에 대해 오랫동안 이야기를 나누고 가셨다. 이후 그 고서들을 기증하시겠다고 약속하셨고 얼마 후 변기영 신부님이 오셔서 모두 가져가셨다. 생전에 기증하신 것은 너무 잘 하신 것 같다. 기증하시고 삼년 후인 1987년 11월 11일 67세의 나이에 돌아가셨다. 나의 고향 '다래촌'은 지금도 공소로 우리 조상들의 얼이 서려 있어서인지 오늘까지도 천주교 색채가 강하게 남아있고 그 흔한 개신교가 들어오지 않는 이유를 알 수 있다. 시골 공소 회장으로 욕심 없이 동네에 궂은일을 도맡아 하신 부친의 삶이 좋은 신앙으로 남아 있음을 느낀다. 구월이면 후손 중의 한 분이신 권일수 신부님을 모시고 신앙의 뿌리를 심어주신 조상님께 감사 미사를 후손이 모여 매해 드리고 있다.

아름다운 동행

코로나19로 제한된 삶에 불평이 앞선다. 왕성하게 활동하는 세대를 보며 미안한 마음이 들기도 하지만 오랜 시간 활동에 제약이 따르다보니 짜증이 나는 것은 어쩔 수 없나보다. 나는 부모님을 잘 만나 따뜻한 가정 안에서 넘치는 사랑을 받았고 그 가정 안에서 형제들과 행복하게 살았다. 나는 신심 깊으신 부모님 밑에서 성장했다. 지금은 두 분 다 이 세상에 계시지 않아 안타깝지만 나도 남은 생을 주님의 향기가 가득한 삶을 살아야겠다고 다짐을 해본다. 내 믿음으로는 아직 부족한 것이 많지만 열심히 묵상하며 청원을 드린다. 부모님을 통해 세상에 왔지만 영적 성장은 주님께서 이루어 주셨고 주님의 소명과 깊은 뜻이 있기에 주님의 계명에 어긋나지 않는 삶을 살겠다고 묵상하며 기도드린다. 그러나 허점투성이인 나는 생각만 앞설 뿐 변함없이 반복되는 삶에 참회의 반성을 한다. 부모님의 은혜, 형제들과의 사랑, 이웃의 배려 속에 자비하신 하느님의 진리와 지혜를 조금씩 깨달아 가고 있다.

　내가 중2 때, 부모님은 친구의 배신으로 많이 힘들어 하셨다. 하루는 저녁식사를 끝내시고 두 분이 마루 끝에 앉아서 말씀을 나누고 계셨다. 나는 방안에 앉아 그 소리를 듣게 되었는데 지금도 잊히지 않는다. 아버지께서는 한숨을 쉬시며 사는 동안 생각도 못한 시련이 오는 것은 주님이 우리를 사랑하시기 때문에 주시는 고통이라며 이겨내는 능력 또한 주실 것이니 이겨내야지 하셨다. 엄마도 그전에 주님께서는 고통을 주시면서 이겨 낼 수 있는 능력도 함께 주신다는 말씀을 하셨다며 반드시 좋은 날이 올 것이라고 두 분이 서로 위로하셨다. 힘들어 하시면서도 우리에게는 내색을 하지 않으셨던 두 분이 나에겐 자랑스럽고 존경스런 분이셨다. 그때는 얼마만큼 힘드신 지도 모르고 좀 어려우신가 하는 정도로 생각했다. 지금 그때를 생각하면 철없는 자식들에, 노모에, 농사일에, 대가족을 건사하느라 얼마나 힘드셨을지 힘없이 앉아 계시던 아버지의 뒷모습이 떠오르면 목이 멘다.

　어느 날 나는 부모님께 학교를 그만 두겠다고 하니 맏이인 너는 공부를 해서 동생들을 돌볼 수 있는 힘을 갖추어야지 하시던 아버지의 말씀이 나를 슬프게 한다. 나는 그해 겨울, 집을 나와 서울 고모님 댁으로 갔다. 고모부님은 종로4가에서 금은방을 하셨는데 그 가게 일을 도와드리는 중에 고모부님 친구 분이 신세계백화점을 소개해 주셔서 그곳에 취직을 했다. 그때 나의 나이는 만 18세였다. 그때부터 나는 최선을 다해 살았다. 객지에서 힘들어도 아버지께서 맏이인 너는 공부해서 동생들을 돌볼 수 있는 힘을 갖춰야 한다 하신 말씀이 내 삶 안에 책임을 느끼게 하여 열심히 살았던 것 같다. 사회생활을 시작하며 내 삶의 변화와 직업에 적응해 가는 과정 속에서 두려움도 컸다. 시골서 갓 올라온 나는 촌티 안 내고 무시당하지 않으려 주위에 신경을 많이 쓰고 살았다. 옆 사람들에게 조심스럽게 대하고 손님들에게도 최선을 다해 상대하니 좋은 반응으로 다가왔다.

성당에 가서는 성모님께 잘 적응해 나가도록 지혜와 용기를 주소서하고 기도했다. 일요일엔 미사 중에 주님을 내 안에 모시고 당당함과 믿음으로 생활하다보니 친구도 생기고 칭찬도 들으며 세상을 살게 되었다. 아버지는 내게 진학을 권유해놓고 중도에 포기한 것이 당신 때문이라 생각 하시고 미안해 하셨다. 영국 속담에 "평생을 행복하게 사는 방법은 진실하게 사는 것"이라 했다. 남에게 진실하고 신뢰할 수 있는 나로 살 것을 마음 안에 다짐한다. 나는 어려운 가운데서도 적금을 들고 저축을 하면서 알뜰히 산 결과, 십만 원이 조금 넘는 돈을 마련할 수 있었다. 그 해 여름, 아버지께서 올라오셨기에 집에 빚이 얼마나 되느냐 여쭤보니 지금 갚으면 십만 원이면 되지만 가을에는 이자가 반이 더 는다고 하시기에 모아 두었던 돈을 모두 찾아다가 빚 갚으시라고 드리니 고개를 숙이시고 눈물을 보이셨다. 그해 추석에 집에 가니 식구들이 나를 무슨 출세나 하고 온 사람처럼 반겨 주시는데 어색하고 미안했다. 그 돈을 드리고 한동안 허전하고 의지할 곳이 없는 사람처럼 방황도 했다. 1967년도에 십만 원은 큰돈이었다. 전세로 방 하나가 3만원 아니면 4만원 했을 때였다. 동네분이 집에 들르셨다가 철부지인 줄 알았는데 장하다 하시며 칭찬하시는데 돈의 가치가 큰 것을 그때 느꼈다.

아버지는 사람은 배워야 한다며 자식들은 서울로 유학 보내고 교육 시키시는 것을 중요하게 여기셨다. 농사만 지어서는 힘들다는 사정을 나는 결혼해서 생활하면서 알게 되었고 장한 아버지를 모셨음을 그때서야 알게 되었다. 나이 들어가면서 부모님이 더욱 그립고 모두 예쁘게 바른생활을 하고 있는 형제들을 보며 겸덕을 겸한 부모님의 삶이 오늘 우리가 있는 것이란 마음이 든다.

이제는 생명의 주인이신 주님을 향하여 기도드리며 주님께 더 가까이 가고자 노력하며 열심히 살아야 함을 느낀다. 나는 나의 모두를 주님께 봉헌하며 청원과 감사 기도드린다.

어려움이 닥치니

내가 오십 대 초반일 때, 몸이 너무 안 좋아 동네 병원에 갔다. 병원에서는 혈액검사와 초음파검사를 하더니 큰 병원에 가서 정밀 검사를 받으란다. 난소에 종양이 있는데 많이 안 좋으니 빨리 가보라고 한다. 마음이 심란하여 동생에게 전화하니 아무데나 가지 말고 내일 만나자며 전화를 끊는다. 이튿날 동생을 만나 서울대학병원에 갔다.

동생은 병원 원무과 직원과 이야기를 나누더니 바로 병실을 정하고 당일 입원을 하란다. 마침 퇴원 하는 이가 있어서 방이 있지만 잘못하면 늦어질 수 있으니 내가 시키는 대로 하라며 입원을 시켜놓고 집으로 가서 아이들을 데리고 입원 준비를 해 가지고 왔다. 검사를 일주일 동안 하더니 수술을 해 봐야 알겠지만 80% 정도는 난소암일 것 같다고 한다. 그 순간 삼 남매의 얼굴이 떠오르며 아직은 아이들이 어린데 안타깝고 마음이 찢어진다는 말이 이런 때

쓰이는 말이구나 싶었다. 아직은 해 주어야 할 일이 많은데 속상하고 불쌍해서 목울음을 참아냈다. 이튿날 그이가 아이들을 데리고 다녀간 뒤에 주님께 간절한 마음으로 기도했다. 주님께서 오라 하면 가겠습니다. 저의 삼 남매만 지켜주십시오. 기도하는데 눈물이 흘러 주체할 수 없어 이불을 쓰고 있었다. 아이들도 아직은 돌봐야 되고 할 일이 남아 있는데 아쉬움에 성모님께 원망하는 마음으로 멍하니 묵주만 돌리고 앉아 있었다. 언제까지 살아있을 지 그 때까지 아이들이 나 없어도 살 수 있게 완벽하게 잘 정리 해 놓아야겠다는 생각이 들면서 눈물만 흘리며 청승 떨 때가 아님을 생각했다. 수술하는 날 학교도 안가고 아이들이 왔다. 나는 삼 남매에게 당부했다. 너희 삼 남매 오빠를 중심으로 의좋게 서로 의논하면서 잘 살아야 된다고 말하자, 엄마는 괜찮을 거야 하며 울어서 우울한 분위기에 수술실로 가면서 주님께 기도했다. 저의 삼 남매 주님 사랑으로 돌보아 주십시오.

마취에서 깨어나 입원실로 향하는데 아이들이 웃으며 달려오면서 엄마 암이 아니래, 엄마 힘들었지 한다. 동생도 눈물 보이며 십년 감수 했네 하면서 모두 즐거워하는데 너무 고마워서 나는 '주님 감사합니다. 앞으로 최선을 다해서 신앙생활도, 가정생활도 할 것을 주님 앞에 다짐합니다.' 하고 기도했다. 이웃들도 찾아와서 "추 씨가 암이라 내일 수술 한다고 해서 많이 놀랐어. 이제 고생 다 했다 했는데 암이라니 억울해서 어쩌면 좋으냐며 얼마나 안타까워

했는지 알아"하며 이제 우리 즐기면서 살자 하며 웃는다.

건강하게 살 때는 몰랐다. 어려움이 닥치니 형제들도 이웃도 내 일같이 안타까워하고 신경 써 주는 이웃과 형제들이 있어 행복하고 고마웠다. 나는 혼자 사는 세상이 아니고 이웃 형제 가족 모두가 소중하고 귀한 이들이란 것을 느꼈다. 나는 때로는 많은 형제가 짐스럽고 이웃도 불편한 때도 있어 무심히 지냈었다. 그런데 그 형제들과 이웃이 이처럼 소중하고 귀한 존재임을 느끼면서 잘못 살아온 이 죄인에게 너무나 큰 선물 생명을 주신 주님, 성모님께 감사 기도를 오래도록 드렸다. 그 이후 당뇨병이 왔는데 지금까지 당뇨로 인해 불편한 것 없이 지낸다. 말하지 않으면 알지 못할 정도로 건강하게 지낸다. 20년이 되었는데 흔한 영양제도 안 먹는다. 이제는 마음 편히 믿음으로 이웃들과 내 가족 형제들과 더불어 사랑 담은 마음 가득 안고 슬기롭게 살아갈 것을 굳게 다짐한다.

어리석은 흔적

　그동안 나는 내 가정을 위해서 열심히 의무를 다하며 살아 왔다고 자부했다. 그런데 지금 와서 뒤돌아보는 내 삶 안에는 아무것도 남은 것도, 이루어 놓은 것도 없다는 생각이 든다. 허무와 아쉬움 그리고 뻥 뚫린 허공만 나를 감싸고 쓸쓸하게 한다. 왜 좀 더 일찍 이런 깨달음에 이르지 못 했을까? 나는 그동안 바쁘게 사는 것과 의미 있게 사는 것을 혼동하고 옆도 뒤도 안 돌아보고 내 앞의 목표만 생각 했던 것 같다. 돈을 벌어 안정된 생활을 할 수 있는 기틀을 마련해야 된다는 일념으로 이것이 내가 해야 할 책임이고 우리 집의 희망이라고 생각 했었다. 그런 생각 때문에 더욱 일에만 매달리고 각박하게 살았던 것 같다. 이젠 시간도 삶의 여유도 생기니 지난날의 생활을 돌아보며 울고 웃는다.

　설니홍조雪泥鴻爪란 말이 있다. 눈 위에 난 기러기의 발자국이 눈이 녹으면 없어진다는 뜻으로, 인생의 자취가 눈 녹듯이 사라져 무

상황을 비유적으로 이르는 말이다. 이 말은 어쩜 어리숙하고 미련한 나 같은 사람을 두고 한 말이 아닌가 하는 생각을 해 본다. 이제 한가한 시간이 많음에 지난 세월을 회상하며 아쉬움으로 나 자신에게 연민의 정을 보낸다. 여자이기를 포기하고 삼 남매의 엄마로, 기울어 가는 집안을 지켜야 한다는 한 생각으로 생활을 해왔다. 인생에 있어 삶의 의미나 삶의 가치를 부여한다는 것은 상상조차도 모르고 열심히 돈을 벌어야 한다는 생각뿐이었다. 내 욕심으로 어느 누구에게도 밀리고 뒤쳐지지 않으려 안간힘을 쓰며 살아왔다. 할 수 있다는 자신감, 오기, 교만, 이기심으로 가득한 구제 불능의 여자가 되어 있었다. 아이들이 성장하여 하나하나 집을 떠나면서 좁았던 집은 왜 그리 넓고 썰렁한지 남의 집에 온 듯 낯설고 허전하다. 이제야 나를 보면서 내 자신이 왜 이리 초라하고 한심하게 느껴지는지 모르겠다. 당당하고 활기차던 모습은 어디가고 쓸쓸히 넉 놓고 앉아있는 내 모습이 처량해 보인다. 열심하다거나 성실하다는 말은 값지고 의미 있는 노력일 때 하는 말이지 내 욕심을 위한 삶에는 합당한 말이 아닌 것 같다.

그리스 신화에 마이더스 대왕의 이야기가 있다. 왕은 얼마나 황금을 좋아 했는지 신은 그 왕에게 황금 욕심을 무한정 채울 수 있도록 허락했다. 왕의 손이 닿기만 하면 황금으로 변하는 것을 보고 왕은 소원성취 했다고 기뻐했다. 그런데 물을 마시려고 물그릇을 드는 순간 물까지 황금으로 변하고 딸을 만지니 딸까지 황금 조각으로 변해 버리는 세상에서 가장 불행한 비극의 왕이 되었다. 오직 일만 집착하다보면 이런 비극적 삶의 주인공이 되지 않을까 자책하는 때도 있다. 권력을 재물을 명예를 놓지 않으려 아등바등 사는 이들을 보면 안쓰러운 생각이 든다. 인생은 구름 같은 것이란 말이 있듯이 바람결에 몰려와 뭉쳤다가 흩어지면 흔적도 없이 사라지고 푸른 하늘에 빈 허공만 보이는 것을 왜 그리 집착하고 살았는가 싶다. 그래도 고뇌하는 마음도 남을 배려할 줄도 더불어 사는 삶도 알게 된 것에 안도한다. 평범하게 편안한 삶을 살았다면 참 행복이 무엇인지 인생의 가치가 어떤지 무의미한 삶이었을 것을 삶에 무게가 오늘의 나를 있게 했음을 느낀다. 늦게나마 사랑을 느끼고 잘못된 것을 깨닫는 마음을 갖게 하고 부드러운 사람으로 보살펴 주시고 지켜주신 주님께 감사기도 드린다.

위령 성월의 달에

11월은 교회 달력으로 위령성월의 달이다. 죽은 이들을 기억하고 연옥 영혼들을 위해 기도하는 달이다. 천주교 신자들은 11월에 조상 묘를 많이 찾아 기도드린다. 나의 부모님은 이달에 두 분이 다 돌아가셨다. 11월11일에는 형제가 모두 모여 부모님 산소 앞에 앉아 기도드린다. 아버지 돌아가신 지 십오 년 후에 어머니께서 돌아가셨다. 아버지 기일에 친정에 갔다가 어머니 임종을 지켰다. 아버지 기일에 어머니도 돌아가셔서 제사를 한날 지내드리고 있다. 우리 어머니는 치매로 고생 하시다 혼자 외롭게 가시려나 항상 염려 했었는데 아들딸이 지켜보는 자리에서 편안히 임종을 하셨는데 나는 엄마의 손을 잡고 기도했다. 엄마 이제는 성모님 앞에서 사랑 받으며 편안히 지내시라고, 고요한 엄마의 마지막 얼굴을 뵈며 11월에 주님께 보내 드렸다.

11월 10일은 나의 생일이기도 하여 이달은 내게는 특별한 달이다 매년 11월이면 마지막 달 12월보다 지난 한 해를 돌아보며 아쉬움 속에 11월을 보낸다. 올해도 어려움 없이 가족이 모두 건강하고 잘 지낸 것을 성모님께 감사드리며 내일을 기약해 본다. 무엇보다도 올해는 1년 이상을 벼르던 일을 결정한 뜻깊은 해이기도 하다. 나는 '도전 나도 작가'에 등록을 하고 첫 수업을 하러 가면서 호기심과 염려로 용기가 필요했다. 수업 전 들어오시는 교수님의 모습에 마음이 편해지며 열심히 공부하자 마음을 굳혔다. 부드러운 미소 속에 감추어진 강인한 첫인상의 교수님이 따뜻한 감성을 지니신 분 같아 마음이 편해졌다. 그리고 글을 쓰겠다고 오신 분들이라서 인지 어색함 없이 편한 마음으로 수업을 할 수 있어 선택을 잘했다고 생각했다.

푸르던 길가의 가로수들이 빛을 잃어가나 싶더니 어느새 노랗고 붉은 단풍잎으로 축제를 벌이고 있다. 바람이 부는 날 자전거를 타고 개천가로 가려다가 길가 양쪽 가로수의 단풍이 너무 아름다워 둑으로 들어서 페달을 밟는데 바람이 뒤에서 부니 저절로 굴러가는 것 같다. 가로수 사이로 들어서는데 노래가 절로 나온다. 낙엽이 앞을 가릴 정도로 떨어지며 굴러가는데 노랗고 붉은 단풍들이 길가 가득히 바람 따라 한곳으로 몰려 굴러가는 모양이 너무도 아름다워 넋을 잃은 듯이 서서 지켜보고 있었다. 표현 할 말이 따로 없이 감동, 감동이다. 길 가득히 바람 따라 낙엽이 날리는 것이 아니라 떼굴떼굴 굴러가는 것을 상상해 보면 느낄 것이다. 자연이 우리에게 주는 현상은 예감할 수 없는 것임을 느끼면서 묵상했다.

"주님 아름다운 곳에 태어나게 해주셔서서 감사합니다."

기도드리며 자전거를 끌고 집까지 걸어갔다. 이런 자연을 느끼며 감상에 젖은 이 마음이 글공부를 시작한 때문인 것 같다. 교수님의 말씀 열심히 들어 부족하고 미력하지만 좋은 글을 쓸 수 있도록 지혜를 모아 노력할 것을 다짐했다.

11월이 주는 아름다운 단풍의 풍경을 보며 나무들이 무성하게 붙잡고 있던 잎들을 털어 버리며 앙상히 남은 가지들을 본다. 내년 봄이면 새 잎이 나와 싱싱한 나무로 생존을 이어가는 자연의 현상을 생각해 본다. 우리 인간도 봄이면 늙지 않고 싱싱하게 다시 봄을 맞는 그런 생을 살게 되면 어떤 현상이 벌어질까 생각해 본다. 11월을 보내며 세월이 가는 것에 무감각 해진 지금에도 감사 기도는 주님과 성모님께 드린다. 올해도 아무 일 없이 평안하게 보냈음을 감사하는 마음으로 십자가 앞에 주님을 바라보며 기도드린다. 성모님 앞에 부끄럽지 않은 딸이 될 것을 마음에 새기며 성모님의 바라기가 되어 살 것을 다짐한다.

인생의 가치

지난 한 해, 나에게는 인생의 가치를 논할만한 것도 아니었고 뜻 있게 살지도 못했지만 마지막 달 며칠 남지 않은 날을 헤아려본다. 속절없이 흘러간 시간이 아쉽고 허망하다. 한가한 오후 고요함 탓인지 되돌리고 싶지 않은 지난 일이 떠오르며 내 마음을 심란하게 한다. 집안에 경제와 생활의 모든 책임이 부여 되었을 때는 세월이 오는지 가는지 느낄 새도 없이 날이 밝으면 주어진 일에 정신없이 지내고 해가 지면 집안에 쌓인 일에 허둥대며 내가 누구인지 무엇을 위해 사는 것인지 생각할 겨를도 없이 살았다.

시간의 여유가 생기니 지나간 날의 일들이 떠오르며 생각에 잠긴다. 늙으면 추억에 살고 젊으면 미래에 산다는 속담이 나를 두고 한 말 같다. 내 자신을 돌아보니 할머니가 되어 말도 어눌해지고 행동도 둔해지고 정신도 흐릿해진다. 거울을 보니 늙수레한 여인이 굳은 표정으로 마주보고 있는 내 모습에 연민의 정이 느껴져 웃음이 나온다.

옛 생각으로 시름에 잠겨 있는데 전화 벨 소리가 나를 깨운다. 밝은 목소리로 큰 딸이 아무 곳도 가지 말고 집에 있으라고 한다. 엄마와 함께 하루 같이 지내려고 회사에 월차 냈다고 한다. 나는 궁금해서 무슨 일 있어, 하고 물으니 이제부터는 가끔 엄마랑 이런 시간 보내며 살 거야 한다. 우리는 셋이서 영화도 보고 쇼핑도 하고 분위기 좋은데 가서 점심도 먹고….

월요일에 결강을 하고 중년에 가까운 딸들과의 하루는 여유도 있고 든든하고 모처럼 행복했다. '백두산' 영화에 스테이크도 자르고 딸들 덕에 이 지구상에 나 보다 더 행복한 사람은 없을 것 같다. 즐겁고 자랑스러운 하루였다. 작은 손녀의 편지를 받아서 읽으며 너무 감격해서 편지를 읽고 또 읽었다.

"우리를 매일 사랑해 주셔서 너무 감사해요. 이제는 용돈 주시지 마시고 안아만 주세요. 안아 주시는 것이 돈이에요. 내년에도 건강하시고 우리 걱정은 하지 마세요. 앞으로는 자주 찾아뵐게요."

초등학교 2학년의 손녀 편지를 읽으며 눈물을 보이는 나에게 딸은 엄마도 이제 많이 마음이 약해지셨네, 해서 웃었다. 내가 그렇게 강해 보였었니? 딸이 엄마는 그전에는 할 말만 하고 매일 화난 사람 같았어. 그 말을 듣는 순간 나는 우리 아들 딸 참 많이 힘들었겠다. 엄마의 따뜻한 사랑도 못 받고 미안하다. 하지만 용돈은 풍족하게 주었잖아. 돈이면 모두 용서가 되는구나 하고 웃었다.

저희들도 힘들고 불만이 많았을 텐데 반듯하게 잘 자라고 잘 살아주어 너무 대견스럽다. 너희 삼남매가 나를 내 인생을 가치 있게 만들어 주는 것 같아 고맙고 항상 너희를 생각하면 미안한 마음뿐이다. 남은 생은 삼 남매의 가정을 위해 혼신을 다해 기도하고 도우며 살 것을 다짐했다. 이 엄마는 너희들이 있어 행복했고 너희들이 있어 삶의 의미가 되었다고 생각한다. 오늘도 주님 앞에 성모님 앞에 묵상하면서 감사의 기도를 드린다.

나의 삶

가을바람이 살랑대는 저녁, 나는 성모님 앞에 앉아서 조용히 나를 바라보며 기도 삼매에 빠진다. 나는 나 자신을 좋아 하는가, 나는 나 자신을 마음에 들어 하고 만족 하는가. 외롭다, 쓸쓸하다, 고독하다, 무슨 말이 더 있을까.

내 인생은 나 혼자이고 모든 것을 짊어지고 이겨내며 죽는 순간까지 살아내야 하는 것이 인생이고 삶이고 의무이다. 외로운 것도 즐길 줄 알아야 의연하게 초라하지 않게 살아갈 수 있을 것 같다. 혼자인 것을 외롭다 쓸쓸하다 생각 말고 편한 마음으로 여유 있는 시간을 알차게 보낼 수 있는 일을 만들어가야겠다. 내 인생은 나만의 것이니 누가 대신 살아주는 것이 아님을 알기에 망상으로 시간을 보내지 말고 열심히 살자. 아까운 시간만 덧없이 보내는 형편없는 내 자신을 만들지는 말아야겠다.

나이가 더해질수록 마음이 약해지는 것은 몸에 기력이 떨어져서인가. 모든 것이 망설여지고 겁나고 주저하게 된다. 무엇이든 겁내지 않고 추진하던 그 용기와 힘은 어디 가고 주저하고 포기만 하는 못난이가 되어 세월 탓만 하고 청승맞게 있는 내가 한심스럽다. 이런 날이 올 줄은 생각도 못 했다. 나는 항상 당당하고 활기차고 명랑하게 살 것이라 큰 소리 쳤었다. 그리고 모든 책임에서 벗어나면 홀가분하게 정처 없이 발길 가는대로 여행도 가보고 하고 싶었던 것을 해가며 폼 나게 살리라 했다. 그런데 어느 날 보니 세월은 저만치 가 있고 나는 세월만 축내는 한 나그네 되어 허공을 보며 넋을 놓고 앉아있다.

이제는 즐기며 사는 삶이 무엇인지 모르겠다. 이 순간 "인생은 허무로다."라고 한 어느 분의 말이 떠오른다. 남은 인생 시간 낭비하지 말고 내 나름대로 하루하루 열심히 살아 주님이 부르시는 날 미련 없이 주님 앞에 나설 수 있는 내가 되도록 기도하면서 살 것을 나 자신에게 약속한다.

내 가는 길

앞으로 어떻게 살아야 할까? 혼자 산다는 것이 자신이 없고 외로움에 미칠 것 같은데 이 슬픔은 보낸 사람에 대한 연민인지 나에 대한 연민인지 슬퍼 하지만 원망과 미움은 안 되겠지요. 힘들다 해도 포기하면 안 되겠지요. 정이 그리워도 방종하거나 영혼을 더럽히면 안 되겠지요. 세속의 향락에 맡길 건지 영혼의 기쁨과 주님의 사랑에 의탁할 건지. 인생 길 위에서 주님을 찾습니다. 평탄한 길 가시밭 길 택하라 하시면 주님께 저의 모두를 맡긴 채 성령의 인도하심에 따르겠습니다.

03

세월에 삶을 싣고

따뜻한 마음

나이를 먹는 일이 참으로 힘들다. 가만히 있어도 시간이 가면 저절로 먹는 나이지만 오는 시간을 어떻게 보내며 나이를 어떻게 먹느냐에 따라서 지혜로운 노인이 되기도 하고 추한 노인이 되기도 한다. 따라서 세상을 살아가는데 가져야 할 몸가짐이나 행동을 어떻게 하느냐에 따른 고민과 갈등이 생기기도 한다.

얼굴에 맑은 미소와 편안한 모습으로 비쳐야 되는데 그것은 생활에서 자연스럽게 되어야 하지 않을까하는 생각이 든다. 마음먹는다고 꾸민다고 되는 것이 아님을 알 때 인자하고 편안한 노인이 되는 것이 어렵고 힘든 것임을 알고 지금부터라도 마음을 비우고 따뜻한 마음을 가져 보아야 할 것 같다. 배려하는 마음, 겸손한 마음으로 살도록 노력하고 모든 것을 마음에서 내려놓고 천천히 주위를 살피며 이웃을 먼저 생각하는 삶을 살아가야겠다고 다짐해 본다.

결심은 하지만 잘되어지는지 점검하며 그렇게 살도록 노력해야겠다.

성모님 저의 기도를 들어주소서!

따뜻한 눈길로 맞이해 주시는 성모님께 저의 마음을 드립니다. 어머님과 함께 하는 삶을 원하면서도 어머님 앞을 떠나면 세상 생활에 마음을 쓰며 어머님을 잊고 세속에 묻혀 살아갑니다. 어머니 이렇게 이기심과 세상일에 마음을 두고 살아가는 저의 잘못을 용서해 주세요. 어머님의 인자하심으로 저의 게으른 영혼도 빛으로 감싸 주시며 따뜻한 미소로 맞아주심을 감사드립니다. 성모님 열등감과 자만과 허영에 찌든 먼지를 걷어내고 진실한 신앙인으로 살아가도록 지혜를 주시길 청합니다. 무디고 미련한 양심을 반성하며 현명하게 올바른 삶을 살도록 도와주십시오.

어머님 앞에 다짐합니다. 아낌없이 나누며 살아가는 마음이 부족한 저를 이끌어 주소서. 그릇에 가득 담긴 물처럼 가슴 가득한 기도를 드렸으면 좋겠습니다. 저에게 어머니의 말씀 잘 들을 수 있는 지혜를 주시고 주 하느님 아버지께도 전달해 주소서. 하느님 보시기에 아주 작은 존재에 지나지 않는 저이기에 어머니께 구원을 청하옵니다. 제 뜻이 아닌 주님의 뜻에 눈을 뜨게 하시며 바른 생활을 하도록 전구해 주소서. 매일 매일의 삶을 어머님과 함께하며 겸손과 사랑을 잃지 않고 기쁨으로 살아 영생을 얻게 하소서.

까리따스 수녀원에 다녀와서

1박 2일로 고성에 있는 '까리따스 수녀원' 연수에 다녀왔다. 속초를 거쳐 고성으로 가는 창밖 풍경은 참으로 아름다웠고 자연이 주는 싱그러움에 가는 길이 지루하지 않아서 시간 가는 줄 몰랐다. 수녀원은 아름답게 꾸며진 정원에 오래 전에 지었음직한 고즈넉한 단층집의 분위기가 엄숙하고 숙연함을 느끼게 했다. 우리는 나름 조심한다고 했지만 백여 명이 한꺼번에 들어가다 보니 소란스러운 분위기는 어쩔 수가 없었다.

우리는 단장의 지시에 따라 움직였으며 여장을 풀고 수녀원을 둘러보았다. 수녀원 안에는 부속 건물로 요양원도 있었는데 그곳의 노인들을 보면서 미래의 나를 보는 것 같아 마음이 씁쓸했다. 나이 탓이 아닌가 싶었다.

저녁 특강 시간에는 수녀님이 직접 강의를 했는데 우리의 일상생활에 관련된 문제, 고민거리, 가족과 친구와의 관계 속에서 이루어지는 소소한 문제를 다루었다. 나는 수녀님의 말에 공감이 가고 두 시간이 넘는 시간 속에서도 전혀 지루한 줄 몰랐다. 집중해서 강의를 들었다. 수녀님은 우리와 같은 생활을 하지 않았음에도 우리의 마음 한 자리에 들어와 있는 것처럼 속 시원하게 해법을 제시했으며 청중의 감정을 좌지우지하는 능력도 뛰어났다. 수녀님의 품격에 절로 머리가 숙여지는 시간이었다.

모든 일정을 마치고 집으로 돌아올 때, 나는 내 자신에 대하여 많은 물음과 다짐을 던졌다. 앞으로는 좀 더 어른답게 살아야겠다는 생각과 세상을 바라보는 시각을 넓혀 이해와 배려로 타자를 존중하고자 하는 마음이 들었다. 그간 나는 오로지 땅만 보며 살았던 것 같다. 주위의 친구가 너는 걸어가는 게 차보다 빠르다고 할 정도로 무언가에 쫓기듯 살아왔다. 사람다운 사람으로 살아간다는 말이 나에게는 지나친 사치에 불과했다. 스스로에게 채찍질하며 앞으로만 달렸지 뒤돌아볼 여유가 없었다. 인생이 바쁜 것만은 아닌데, 왜 그리 살아왔는지 마음 한편으론 허전함이 가득했다.

잠깐 동안의 마음 나들이였지만 나는 수녀원 연수를 통해서 많이 변해있었다. 마음에 거리낌이 없으니 육신도 한결 편안해진다. 손안의 묵주가 몇 단계를 거쳐 제자리로 돌아올 쯤 나는 간절한 소망 하나를 얹어 기도를 했다.

"내가 살아가는 세상, 모든 이들이 행복하고 평화로운 기운으로 가득하기를 기원합니다."

남도 순례

이문동 구역장 전원이 남도 순례 여행을 갔다. 순례 길에는 조상 신주를 땅에 묻고 제사를 안 지낸다는 죄명으로 옥에 가두었다가 신유박해가 시작되면서 배교를 하지 않는다는 죄목으로 교수형에 처한 6인의 유항검 가족 묘소가 있었다. 그의 집터는 대죄인의 집이라 하여 관아에서 연못으로 만들어 버렸다는 이야기를 듣고 여러 가지 생각에 빠졌다. 이 세상에서 평안과 안정된 생활을 할 수 있는 분들이 성경말씀만으로 목숨을 버리고 오직 하느님만을 믿는 신앙으로 그렇게 돌아가실 수 있는 믿음과 용기는 어디에서 오는 것일까? 그분들의 높은 절개와 확고한 믿음에 나는 할 말을 잃은 채 멍하니 허공 속에서 그분들의 모습을 그려보았다. 지상에서 누릴 수 있는 모든 것을 버리고 하느님만을 선택하고 가신 그분들이 계신 곳, 거룩한 곳이란 생각에 나를 돌아보면서 초라한 내 모습에 부끄럽고 죄스러워 당신들을 마음에 담고 새기며 굳은 믿음으로 겸허한 마음으로 살 것을 다짐해 본다.

다음 행선지는 보성 녹차 밭으로 갔는데 TV에서 많이 보아서 그런지 낯설지 않고 산중턱까지 계단식으로 심겨 있는 녹차 잎들이 싱그러워 보였다. 가는 길목엔 백년도 넘어 보이는 거목이 빼곡히 줄지어 있는 길이 너무 멋있어 피로를 잊게 한다. 자연이 주는 행복이 이렇게 즐거운지 미처 몰랐다.

우리는 예정에 없던 낙안성을 들렀다. 돌로 쌓아 놓은 성곽에 올라 걸으며 이 성곽을 쌓느라 얼마나 많은 인력이 필요했으며 장비도 없이 등짐으로 돌 하나하나 운반했을 것을 생각하니 그때 그 노역에 참여했던 분들이 떠올라 가슴이 아파 온다. 너무도 견고하고 튼튼하게 쌓았기 때문에 지금까지 그대로 보존되지 않나 싶다. 좀 더 있고 싶은 마음이었지만 우리는 일정대로 강진 다산초당으로 향했다.

'정약용'의 발자취를 찾아 주위를 살피며 흔적을 찾아보았다. 온화하고 따뜻한 성품으로 세상을 초월해 사신 분으로 알고 있다. 그리운 가족을 떠나 외롭게 산속에서 유배생활을 시작했을 때 적막함을 우리 같은 소인은 못 견딜 것이지만 모든 것을 초월하고 집필에 열중하여 어려움을 이겨내어 이 시대에도 존경받으시는 큰 어른이 되어 계심에 그분을 더욱 존경하게 된다. 이곳에서 산을 넘어 스님과 친교를 맺고 서로 왕래하시며 차를 드셨다는 말씀에 스님을 찾아 가시던 그 길을 따라 우리도 그 절을 가기로 하고 길을 나섰다. 초랑과의 거리는 족히 5km는 될 듯싶다. 이 길을 자주 다니셨다는 말씀에 두 분의 우정이 숭고해보이기도 하고 그 분들의 우정을 떠올리며 존경하는 마음이 더해진다.

우리는 다음날 순천만 생태공원을 찾았다. 넓은 갈대숲에 중앙을 가로질러 원형으로 나무다리를 설치해 놓아 돌아 나오게 되어 있었다. 넓은 습지를 보며 관광을 위해 인공으로 만들어 놓은 것은 환영할 일이지만 좁은 국토에 농지가 이만큼 사라진 것에 대해선 아쉬움이 있다.

나는 나무다리를 걷다 습지 밑을 살피며 앉아 내려다보니 자작한 물에 갯벌인데 온갖 생물이 꼬물꼬물 기어 다니고 날개 짓을 하며 뛰어가는가 하면 습지 속으로 들어갔다 나오는 또 다른 세상이 펼쳐있었다. 나는 '하느님께서 내가 저 생물들을 내려다보듯이 우리를 하늘에서 내려다보시고 계시지는 않을까.'라고 생각하며 구름 한 점 없는 맑은 하늘을 올려다보며 기도하면서 묵상했다.

봉사활동

매주 봉사활동이 있는 날에는 가벼운 마음으로 출발하지만 귀가할 때는 언제나 몸보다 마음이 무겁다. 프란치스코회에서 주관하는 일에 우리는 봉사자로 일을 도우러 요일을 정해서 간다. 그곳 수사님들께서 준비하는 과정을 보면 더 열심히 도와 드려야겠다는 마음이 든다. 정성스럽게 최선을 다해 준비하고 밥풀 하나도 흘리는 일 없이 알뜰하게 살피는 그분들의 평화로운 모습에 저절로 머리가 숙여지고 존경심에 게으름을 피울 수도 없이 더 열심히 일을 하게 된다. 따뜻한 봄이라 그런지 식사하러 오시는 분이 많이 늘었다.

밥을 퍼 드리며 오시는 분들을 뵈면 안쓰럽고 가슴이 답답해진다. 하루 한 끼로 사는 분들인지 알 수는 없지만 초췌한 모습에 화색 없는 얼굴, 밥을 드시는 것을 보면 한숨이 절로 나오고 어쩌다 그리 되셨을까 안타까운 마음이 든다. 나는 시중을 들면서 기도를 드린다.

"주님 저들의 마음에 평화와 희망을 주소서, 생활도 힘든데 마음에 안정과 평화도 없다면 얼마나 삭막하겠습니까?"

주님께 그들에게 자비를 내려 주시기를 기도드린다. 저분들의 모습을 뵈면 데려다 일을 시키려는 사람도 없을 것 같다. 의욕도 무엇이든 하겠다는 의지도 없어 보이는 그들에게 무슨 일을 시킬 수가 있겠는가? 가난보다도 삶의 의욕을 잃은 것이 더 힘든 것임을 느낀다. 하루 한 끼로 연명하는 사람이 이렇게 많음을 보면서 이들을 구할 수 있는 근본적인 대책은 정말 없는 것일까? 안쓰러운 마음이 든다. 가난은 나라도 못 구한다는 말이 새삼스러이 떠오른다.

자기 인생은 자신이 얼마나 열심히 의욕과 의지를 갖고 살았느냐에 따라 달라진다고 생각된다. 자기 인생은 자기가 책임져야지 누가 대신 살아줄 수 있는 것이 아님을 절실히 느낀다. 저 사람들에게 여기서 벗어날 수 있는 기회가 주어져 희망을 갖고 힘차게 살아갈 수 있으면 얼마나 좋을까 생각해 보았다. 뒷정리를 하면서 식사하러 오는 분이 많이 늘었음을 알게 된다. 신부님께 여쭈니 근처에서만 오는 것이 아니고 멀리서도 온다고 하시며 밥을 먹으러 오는 사람이 줄어드는 사회가 왔으면 좋으련만 점점 늘어나는 숫자를 보면 걱정되고 마음이 무겁다고 하신다. 나도 조용히 한숨을 토해낸다. 일을 끝내고 돌아오는 길에는 가벼운 마음이 아니고 항상 아쉬움과 오늘 오신 분들의 모습이 떠올라 마음이 아프다. 빈속에 많은 음식을 먹고 탈은 나지 않았는지 걱정도 되고 그렇게밖에 살 수 없는 그들에게 더 도와줄 수 있는 길이 없음이 안타까울 뿐이다.

그곳에만 갔다 오면 마음이 혼란스럽고 안정이 안 된다. 나는 그때마다 성모님 앞에 앉아 '어머니 다녀왔습니다, 어머니 저 사람들을 지켜주소서.' 의지력과 지혜를 주시어 살아갈 수 있는 길을 주시기를 청원하는 기도를 드려본다.

상념

걷고 싶다. 훌쩍 어디론가 떠나고 싶다. 문득 이런 목마름 같은 생각이 일 때면 생각 할 게 많고 또 털어 버리고 싶은 게 많다는 징표일 게다. 하지만 훌훌 털어 버리고 떠나고 싶은 마음이 일어도 행동에 옮기지 못 할 때가 있다. 여행을 떠나면 좋겠지만 같이 갈 친구도 없고 몸도 마음대로 따라 주지도 않는다. 이런 마음일 때면 나는 여행 관련 방송 '걸어서 세계 속으로'를 보면서 편하게 눈으로 여행을 즐긴다.

오래 전 나는 전주 한옥마을 여행을 갔다가 다산 초당이 있는 강진까지 다녀왔다. 초의선사의 차 맛이 생각 날 때마다 밤이건 낮이건 넘어 다니셨다는 험준한 산을 그려본다. 산도 오르고 비탈진 고개를 넘어 발걸음 한 것은 단순한 차 맛 때문만은 아닐 것이다. 일지암에서 두 분의 고담은 진정한 우의를 느끼게 하고 세태의 아픔에 공감하며 세상일을 걱정했으리라. 다산 선생님의 모습을 그려보며 그 몇 겹의 산길을 오가며 무슨 생각을 하셨을까? 유배 생활의 어려움과 외로움을 얼마나 한스러워 하셨을까? 멀리 두고 온 부모님, 아내 자식들은 얼마나 그리워했을까? 형제들 특히 흑산도로 끌려가신 약전 형님을 그리며 오가셨음에 전율이 느껴진다. 지금도 강진의 그곳에 가면 그분의 온갖 생각이 허공에 남아 있을 것 같다. 깊은 산속에 외롭게 있던 초당을 그리며 그분의 고결하고 품격 있는 인품을 생각한다. 그렇게 삶은 저마다의 인생을 안고 가는 것인가 보다.

지나온 날들을 돌아보면서 후회와 자책을 해도 시간을 되돌릴 수 없는 것, 가는 세월에 몸을 맡기고 생각 없이 살 수 있는 삶의 길이 아니기에 허망함을 느낀다. 인간은 누구나 어려움이 닥치면 의지 하려고 한다. 마음이 약해질 때가 있다. 매사 짜증나고 우울할 때 누군가에게 의지하고 싶어 질 때가 있다. 이럴 때는 친구한테 전화를 해 보는데 후회 될 때도 있다. 삶의 고독과 허무함과 역겨움을 견뎌 낼 정도로 강하게 삶을 살아야 함을 새삼 느낀다. 끊임없이 자신을 단련시키며 매 순간순간을 극복해 나가야 남에게 의지하지 않고 살아갈 수 있고 이것이 나의 인생임을 느낀다. 의지하고 기다리는 순간부터 자신도 모르는 사이에 더 외롭고 허무해질 것 같은 생각이 든다. 또 아무것도 아닌 일에 마음이 복잡해지고 잠 못 이룰 때가 있다. 다른 누군가에 삶을 들여다보는 것만으로도 위안을 받을 때도 있다. 다른 삶을 바라보며 나 자신을 들여다보게 하는 것에 난 일생을 살아 갈 힘을 얻는다. 성모님께 끊임없이 기도드린다.

"마음속에 품고 있는 온갖 생각에 묻혀 헛된 시간을 보내는 일 없이 품격 있는 삶을 살도록 지혜를 주십시오. 기도 속에 목마르게 주님을 찾는 저를 모른 체 마시고 은총 주시도록 '어머니, 주님께 전구해 주소서.' 주님 앞에 갈 때까지 충실히 살아가겠습니다. 주님! 공경하고 사랑 합니다."

세월에 삶을 싣고

요즘엔 칠순이 넘으면 누구나 평등해진다는 말을 실감하게 된다. 체력은 날로 저하되고 한 번 병이 나면 잘 낫지도 않는다. 몸도 갈수록 무거워져 천근은 되는 듯하다. 오늘은 아무 일 없는 것 같아도 내일은 어떻게 변할지 조심스럽다. 오감 능력 역시 떨어지고 피부의 탄력도 떨어진다. 어디 그뿐이랴, 수족이 뻣뻣해지고 운동을 해도 잘 풀리지 않으며 내 몸 하나 건사하는 것도 쉽지가 않다. 이런 모든 변화가 노화를 알리는 신호인 것 같다. 무슨 일이든 자신이 있었고 가능했던 것도 이제는 망설이게 되고 자존감도 떨어져 주저한다.

삶의 끝이 서서히 다가오고 있음을 일깨워 주시는 주님의 가르치심인가 생각하게 한다. 자신감에 교만하기까지 했던 나를 얼마 남지 않은 이승에서의 삶을 겸손하고 순명하는 자세로 살라고 깨우쳐 주시는 것 같다. 그럼에도 어제는 할 수 있었던 일을 오늘은 할 수 없게 되고 어제는 안 아팠던 곳이 오늘은 아픈, 이런 변화가 나를 우울하게 한다. 조용히 지난 세월을 회상해본다. 남편을 처음 만나 결혼해서 첫 아들을 낳았을 때는 세상을 모두 얻은 것처럼 감동으로 충만했있다. 이어서 딸들을 낳아 키울 때에는 정말 행복했다. 셋방살이를 하다가 경희대 앞에 원룸 건물을 사서 이사했을 때는 너무 감격해서 눈물이 흘러 주위 사람들에게 민망하기도 했다. 그땐 너무 행복하고 보람도 있었다.

십오 년 전, 동생들과 넷이서 11일 동안 유럽 여행을 했을 때 유명한 성지를 돌아보며 감격했던 일, 옥상에서 삼 남매 가족이 모두 모여 고기와 막걸리로 지난 이야기를 하며 즐겼던 어느 저녁시간, 달이 너무 밝아 평상에 누워 손주와 별을 세어보며 달그림자를 찾던 한가한 저녁, 그 시간이 얼마나 행복했던가? 이런 지나간 날을 되새기며 즐거웠고 행복했던 순간도 많았었는데 현실에 지나치게 반응하다보니 깊은 행복을 모르고 있었던 것 같다.

이제는 그동안 갖지 못한 것, 잃은 것에 대한 생각으로 마음 아파하지 않고 그동안 얻은 것 받은 것 누려온 것만 생각하며 그때의 행복에 감사하는 마음을 담아 좋았던 일 행복했던 순간을 떠올려보아야겠다. 언제 어떻게 나에게 종말의 순간이 와도 겸허히 받아드릴 수 있도록 현재의 삶을 지혜와 배려로 슬기롭게 살 것을 다짐한다. 이 세상 방랑자로서 세월이 가는대로 밀려 여기까지 오는 동안 많은 일을 겪었다 생각했는데 글을 쓰면서 돌아보니 가슴

벅찬 일도 따뜻한 일도 많았음을 느낀다. 나의 인생은 내가 만들어 가야 함을 느낀다. 사람을 사랑하고 사랑의 눈으로 세상을 보며 인색하지 않은 삶을 살 것을 다짐한다. 아이 앞에서는 아이가 되고 젊은이 앞에서는 젊은이가 되는 사람, 어디서나 웃음을 주는 사람으로 살면서 좋은 사람으로 기억되는 나였으면 하고 희망해 본다. 두 손을 마주잡고 마음에 깊이 새기며 진솔한 사람, 믿음이 가는 사람으로 살아갈 것을 다짐한다. 주님께서 언제나 살펴 주시고 함께 하심을 믿으며 감사기도 드린다.

순교자의 고난

별내동성당 신자들과 괴산에 있는 영풍성지에 다녀왔다. 경내에는 아담하게 지어진 성당이 있고 백년은 된 듯한 고목이 있었다. 또한 옛날 고을 원님이 살던 관청이 그대로 보존되어 있었다. 한옥은 마루가 유난히 넓었고 넓은 마당에 의자를 놓아 미사를 드릴 수 있는 공간이 있었다. 주위에는 오래된 나무들이 그늘이 되어 안정감을 주는 편안한 공간이었다. 앞 큰 마루에는 제대가 마련되어 있어서 그곳에서 미사를 드렸다.

그곳은 원님이 죄인들과 천주교인들을 잡아다 문초하고 혹독한 형벌을 주던 곳이었다. 나는 그곳에서 미사를 드리며 치명하신 분들의 영혼을 기리는 순간 가슴이 뭉클해졌다. 신부님은 강론에서 치명하신 분들의 숭고한 믿음과 신앙의 정신을 말씀하시며 자유로운 이 시대에 참 사랑과 굳은 믿음과 신앙심을 갖으라고 하셨다. 강론을 들으며 우리의 신앙은 이기적이고 타산적인 것 같아 죄송한 마음에 깊은 침묵 속에서 자책했다. 배교 한 마디면 살려주겠다는 문초에도 끝까지 신앙을 지켜 죽음을 선택한 그분들의 절개와 굳은 신념은 어디서 온 것일까 생각 해 본다. 형벌은 칼로 목을 치는 참수, 넓은 바위에 구멍을 뚫어 목에 밧줄을 묶어 구멍에 넣어 뒤에서 잡아당기는 형벌, 나무틀에 엎어놓고 엉덩이를 치는 매질, 눕혀놓고 창호지로 얼굴을 감싸고 물을 부어 질식사 시키는 형벌, 다양한 고문으로 죄 없는 이들을 죽음으로 몰아간 그 시대의 사회 분위기는 얼마나 암울 했을까 생각해 본다. 백년을 이어온 그 세월, 끔찍한 생각이 든다. 단지 천주교 신자라는 명목으로 억울한 죽음을 당하셨던 그분들이었지만 순교와 절개로 지금 우리 한국 천주교가 번창하고 교황청에서도 인정하여 우리의 순교자들에게 성인 반열에 올려 추모하고 공경하고 있다.

우리나라의 천주교 역사는 유일하게 선교사가 들어와 전파된 교회가 아니라는 점이다. 학자들이 중국에서 들여온 책 안에서 성경책을 발견하여 읽고 연구하다 너무 생소하고 이해하기가 어려워 중국으로 사람을 보내어 마카오에 있는 성당을 찾아가 배우고 입교하여 돌아와 전파된 교회다. 그 시대에 내가 그런 종교의 난을 겪는다면 그렇게 죽음을 택하였을까 생각해 보았다. 성령께서 내 안에 오셨다면 모르겠지만 용기가 없었을 것 같다. 어린 자식들이 지켜보며 울고 있는데 신앙심과 성경 말씀과 믿음으로 하느님을 위해 목숨을 내 놓은 그분들을 존경하면서도 이해하기는 어려웠다. 나의 선조께서도 치명하시어 부친에게까지 힘들었던 것을 생각하니 감회가 더 깊었다. 지금은 자유로운 신앙생활을 하지만 그분들의 열정에 비교도 안 되는 믿음에 죄송하고 부끄러울 따름이다. 우리 선조들의 피로 지켜온 참 종교임에 사부심을 갖고 그분들의 숭고한 신앙을 따르려 마음속으로 다짐한다. 천국에서 평안을 누리며 영광 속에 계신 그분들에게 존경하는 마음을 전해본다.

인생의 한 순간

잔뜩 찌푸린 하늘에 비가 오다 그치다를 반복하며 마음을 어둡게 한다. 코로나19로 힘들고 지친 요즈음 장마까지 겹쳐 발걸음도 무겁고 사람들의 표정이 어둡다. 뉴스에 나오는 이재민들의 상황을 보면 안타깝고 참담하다. 순간적으로 성모님께 이 어려운 처지에 있는 저들을 보며 기도한다. 장마는 곧 끝나겠지만 코로나19는 언제까지인지 예측도 할 수 없이 암담하다. 하지만 주님께서 주시는 고통이라면 곧 안정과 평화도 주시리라 믿는다.

어둠이 드리운 한가한 저녁, 옥상 의자에 앉아 불암산 정상에 걸쳐있는 저녁노을을 보며 추억 속에 푹 빠져본다. 15년 전으로 돌아간 나는 몸도 마음도 상쾌하고 불암산 정상도 단숨에 올라 갈 것 같은 느낌에 혼자 웃음 짓는다. 그때는 삼육대학교 옆길로 올라갔는데 완만한 경사길이어서 힘 안들이고 가볍게 생각하고 올라갔다. 우리는 정상에서 사방을 둘러보며 막힘없이 트인 시내 풍경을 바라보며 그 아름다움에 빠져들었다. 하산은 불암동 쪽으로 내려오는데 만만히 볼 산이 아니었다. 계곡도 깊고 바위와 골짜기가 험해서 내려오는 내내 우리는 '산은 역시 산이다.' 하면서 힘들게 내려왔다. 나는 불암산을 뒷동산 정도로 생각 했었다. 불암산을 보면 봉우리 하나로 오뚝 서 있지만 많은 뜻을 품고 있는 명산이라 생각한다. 그 뒤로 한 번도 그 산을 가진 않았지만 그때 내려올 때 힘들었던 기억은 지금도 생생하다. 그때 같이 동행했던 그 친구들을 떠올리며 잘 웃고 격의 없이 떠들던 그들이 그립다.

또 지난날을 생각하면 생각나는 분이 있다. 점심때가 되어 식당에 점심을 시키러 골목을 들어서는데 좋은 옷은 아니라도 깨끗한 차림의 노인이 세면바닥 벽에 기대어 앉아 있었다. 점심을 시키고 왔는데도 그대로 있어서 바닥이 찬데 그대로 두면 안 될 것 같아 가까이 다가가 쳐다보니 상태가 심각해 보였다. 입술은 말라있고 표정이 많이 안 좋아 따뜻한 물을 얻어다 마시게 해 드리니 그대로 흘러버렸다. 그분이 눈을 뜨면서 나를 보는데 당황해 가게에 가서 종이 상자를 갔다 펴서 K군을 불러 눕혀 드리고 112에 신고하라 이르고 옆에서 지켜보고 있었다. 가족은 있는 분일까? 눈 뜰 기력조차 없는 분에게 말을 할 수도 없었다. 그를 지켜보며 기도했다. '주님! 정신도 없고 움직일 힘도 없는 불쌍한 이 영혼 거두어 주소서. 기도하며 지켜보고 있는데 경찰이 오더니 119를 불러 신고 간 뒤에 한동안 안정이 안 되고 가슴이 울렁거려 혼났다. 넋

나간 사람처럼 앉아 있는데 경찰이 오더니 병원으로 가는 도중에 운명 했다면서 나에게 물었다. 어떻게 된 일이냐기에 자세히 설명해 드렸더니 쉽지 않은 일인데 수고했다면서 그들이 가고 난 뒤에도 고통스런 모습이 아닌 편안한 모습으로 누워있던 그분이 떠올랐다. 아는 이도 아니고 말 한 마디 나눈 적도 없는 분의 죽음을 보면서 어떤 인생을 살았기에 노상에서 혼자 생을 마감하는 처지가 되었을까 생각했다. 오늘도 그 일이 생각나면서 지금 그분은 어디 있을까. 그때에 그분의 모습이 생생히 떠오른다. 생면부지 노인의 죽음을 보면서 연락할 때는 있는지 알아볼 걸 나는 아무것도 묻지 않은 것을 후회했다. 노인이 떠오르며 삶을 지혜롭게 살아야겠다고 내 자신을 보면서 다짐했다. 좋은 이웃, 좋은 친구 만나 편한 마음으로 안전한 생활을 할 수 있었던 것 모두는 내 옆에 주님이 계셨고 성모님께서 보호해 주셨기 때문에 불편 없이 살아왔음을 느끼며 하늘을 우러러 감사 기도를 드린다.

심한 갈증이 날 때 허겁지겁 물을 마신 뒤에는 아쉬움 없이 남은 물을 버리는 것처럼 나는 주님께 기도하면서도 바로 잊는다. 그리고 주님 앞을 떠나 세상 안으로 돌아서면 내 기도를 들어주신 주님의 사랑을 깨닫지 못하는 미련한 환자에 불과하다. 성모 어머니께 나의 이 얄팍한 믿음 잃지 않도록 슬기로운 사람 되어 성모님을 모시고 힘든 이웃을 배려하는 삶을 사는 지혜를 주시도록 청원 드린다. 내 가족 나 자신만을 알고 살아온 이 죄인인 나를 외면하

시지 마시고 사랑으로 감싸 주소서. 믿음과 순명의 삶을 살 것을
기도하면서 조용히 성모님께 묵상한다.

주왕산 산행

우리는 아이들 어렸을 때부터 남편 소개로 만나 여행도 함께 가고 집안의 행사에 참석해 도우면서 계속 만남을 이어와 40여 년이 되었다. 한 달에 한 번 만나 회비도 걷고 점심도 먹으며 우정을 나누고 있다. 회비가 많이 모아지면 외국 여행도 다녀온다. 다섯명이라 차 한 대면 되기 때문에 의견만 모아지면 즉시 출발이다.

이번에는 주왕산으로 산행을 정하고 출발했다. 차 안에서 다섯여자들이 떠들다 보니 목적지에 도착했다. 주차장에 도착하니 차들이 가득하다. 명산인가 웬 사람이 이렇게 많을까, 의아해졌다. 산으로 가는 입구에는 먹거리며 특산물이며 장사꾼들이 줄지어 있어 매우 번잡했다. 산 입구에 들어서니 경사로로 이어지는데 넓은 길에 평지로 계속 가면서 내려가고 있었다. 30분쯤은 걸은 듯한데 지하로 계속 내려가고 있었다. 앞을 보면 높은 봉우리가 보이는데 올라가는 것이 아니라 지하로 내려가는 것이 이해가 안 되었다. 지하로 1시간 넘게 갔을까? 앞에 웅장한 바위들이 길을 막았다. 그 웅장한 바위에 압도되어 탄성을 지르며 사진도 찍고 바위에 기대어 쉬고 있는데 옆으로 샛길이 있었다. 그 길이 산으로 오르는 길이었다. 그 샛길로 계속 산을 오르며 깊은 계곡과 산허리를 돌아 가기도 하고 산을 오르는데 산이 품고 있는 깊이와 절경에 우리나라 산은 역시 아름답다고 생각했다.

용주폭포에 올라서서 산을 내려다보며 아름답고 오밀조밀 정겨운 산임을 느끼면서 저절로 기도를 드리게 한다. "하느님, 당신이 만드신 이 세상은 참으로 아름답습니다."라고 기도드리며 보잘 것 없는 이 죄인을 지켜 주십사고 간청해본다.

주왕산이란 이름은 신라 후기 때 당나라 임금 주왕이 반란으로 피해서 내려왔던 일로 주왕산으로 불리게 되었다고 한다.

피정의 기쁨

몇 년 전, 의정부에 있는 '한 마음 수련장'으로 사목위원들과 신부님을 모시고 1박2일 피정을 다녀온 적이 있다. 산 속에 있는 수련장은 삼면이 막혀있었지만 남쪽으로는 확 트여 있어서 끝자락 먼 마을까지 보였다. 옹기종기 모여 있는 마을이 평화로워 보였다.

우리는 정해진 숙소로 들어가 여장을 풀고 잠시 후 성당으로 가면서 묵상 중에 성모님께 기도를 드렸다. 수련장 뒷산 산길로 조금 올라가다 보니 십자가의 길이 시작되었다. 천주교는 예수님 수난을 기리기 위해 1처부터 14처까지 사진, 조각 등을 새겨 성당이나 성지에 설치 해 놓고 그 앞에서 수난을 묵상하며 기도한다. 우리는 산책을 포기하고 '십자가의 길' 기도를 하기로 하고 두 팀으로 나누어 기도를 시작했다. 산속에서의 기도 소리는 청아하고 청량감 있게 들리며 어느 노래보다도 가슴을 울린다. 숲속에서의 기도는 더 집중이 되고 예수님의 고통과 고난이 더욱 가슴 아프게 느껴진다. 제3처 넘어지시는 상 앞에서는 온몸이 저려오며 울음이 나오는데 감정을 참느라고 힘이 들었다. 우리는 기도를 마치고 각자 숙소로 가는데 서로 같은 마음을 느끼듯 숙연한 분위기였다.

저녁 식사 후에는 깅당에 모여 사회자의 지시에 따라 준비된 행사를 이어 갔다. 조 편성을 하는데 우리는 여자 여섯에 남자 셋 모두 아홉 명이 한 조가 되었다. 프로그램은 그동안 인생을 곡선으로 표현하는 것이었는데 처음에는 어리둥절했다. 어떤 그림을 그려야 하나 걱정이 되었다. 우리는 서로의 의견을 존중하여 길을 그리는 데는 곡선으로 그리되 언덕과 비탈진 내리막길, 자갈길, 평탄한 길을 자세히 표현해서 그리기로 했다. 힘들었을 때는 내리막길 끝을, 즐거웠던 때는 언덕 길 위를 환하게 밝은 빛을 표현하는 식으로 그림을 그려 나갔다. 각 조 별로 그림을 발표했는데 우리는 토마스 형제님이 나가셨다. 형제님은 그림만 설명하신 것이 아니고 그동안 힘들고 어려웠던 일을 극복하고 평화로운 생활로 되돌아오기까지의 모든 생활이 신앙의 힘이었다고 말했다. 성모님, 주님께서 늘 함께 하셨기에 가능했음을 느꼈다고 말하면서도 그 감격은 말로 표현할 능력이 나에게는 없다는 그의 고백에 모든 분의 박수를 받았다. 그리고 분위기가 숙연해지고 엄숙해지면서 각자 자기를 뒤돌아보는 반성의 계기가 된 것 같았다. 각 조의 그림을 발표하는 시간은 뒤로하고 신앙 고백으로 인생 체험을 이야기할 기회를 주는 시간으로 하였다.

여러분이 말씀을 하시는데 고통스럽고 힘들었던 일, 그런 생활 속에서 성모님과 주님을 놓지 않고 의지하며 이겨낸 체험을 눈물과 웃음을 지어가며 말씀을 하시는데 한 편의 드라마를 엮어가는 느낌이었다. 말씀 하시는 진지한 모습과 순수한 결의에 나도 앞으로는 겸허한 자세로 믿음 안에서 살아야 됨을 부여 받은 성숙한 내가 된 느낌이었다. 각자 체험 이야기 속에서 동질감을 느끼며 자기 죄를 만났고 선인들의 고달팠던 신앙 체험을 만났고 함께한 형제자매님들의 아름다운 인연을 만났다. 이런 만남과 시간이 주님께서 함께 하셨음을 깨닫는 순간 한동안 주님께 침묵 속에 감사 기도를 드렸다.

우리는 이튿날 짐을 챙기며 좀 더 가깝게 느껴짐을 실감했다. 돌아오면서도 저녁 시간에 있었던 솔직한 그분들의 용기 있는 고백에 여운이 남아 있는 듯 모두 상기된 표정이었다. 이번 피정은 공동체의 단합이 아니라 신앙을 체험한 간증의 장이었던 것 같다. 이번 피정은 나를 돌아보고 사려 깊은 인생을 살라는 가르침을 주시려고 기회를 주신 것 같다.

피정을 끝으로 나는 다음 달에 구역장을 내놓고 이사를 했다. 피정에 대한 감동 여운은 아직도 내 가슴에 남아있다. 피정을 주선하신 사목회장님과 신부님께 늦었지만 '수고 하셨습니다.' 하고 인사를 드리고 싶다. 저를 어느 곳에든 항상 함께 하고 계심을 깨닫게 하시고 지켜주시는 주님의 깊은 사랑에도 감사기도 드린다.

지금도 성당에 가서 그들을 만나면 반갑고 한 보따리의 이야기가 펼쳐진다. 모두 건강하고 열심히 신앙 안에서 살아가는 그들을 만나면 밝은 모습과 웃음 가득한 얼굴에서 행복이 보여 반갑다. 주님께서 성모님께서 주시는 은총의 사랑임을 느낀다. 주님이 주시는 사랑을 의지하고 살아가는 믿는 모든 이에게 자비와 은총 내려 주시기를 간절히 소망해 본다.

호명산 나들이

우리 다섯 친구는 '왜'라고 묻지 않고 안 된다고 거절도 없이 전화만 오면 무조건 '예'이다. 재만, 영숙, 경례, 병애, 순돈. 우리는 서로 내 것, 네 것 없이 만나면 재밌다. 간단히 챙겨 서둘러 갔는데 모두 먼저 와 있어서 미안했다. 오늘은 가평에 있는 호명산에 간다면서 차에 타란다. 되묻는 법도 없이 모두 신나서 차에 오르며 입은 가만히 안 두고 떠들어댄다. 너는 네 말만하고 나는 내 말만 하는 식으로 누구 말을 들어야 되는지 정신이 없다. 가까운 거리기도 하지만 웃고 떠드는 사이 우리는 산 앞에 와 있다. 먼 거리도 수다 떠느라고 지루한지 모르고 만나면 하루가 한 시간 같다. 산은 언제나 그 자리에 말없이 우리를 맞이해 주지만 나는 많은 것을 새롭게 배우고 느끼고 얻어 온다. 울창하고 우거진 숲과 아름드리나무가 들어선 산은 항상 나를 들뜨게 하고 마음을 설레게 하고 경건하게도 한다.

5, 60년 전에는 민둥산으로 이렇게 숲이 우거진 산은 없었다. 초등학교 때 봄이면 사방공사란 명목 하에 나무심기에 동원되어 산에 나무 심으러 갔었던 생각이 떠올라 숲이 우거진 산을 보면 지금도 반갑고 소중한 생각이 든다. 그 시절에는 겨울이면 나무 밑 솔잎까지도 알뜰히 긁어 땔감으로 했기 때문에 가랑잎이고 나뭇가지고 가만두지 않았다. 이런 울창한 숲은 상상도 못했다. 큰 산은 아니지만 등산하기도 힘들지 않고 서울도 가깝고 이런 곳에 아름다운 계곡이 있다는 사실이 좋았다. 환경 좋은 이런 고장에 태어난 우리는 큰 행운이 아닐 수 없다. 나무 그늘 아래서 싸온 도시락을 펼치며 우리는 서로 놀랐다. 간단한 도시락이 아니라 진수성찬이다. 김치만 네 가지에 연근, 멸치조림, 잡곡밥, 찰밥, 계란말이, 김, 장졸임을 비롯해서 후식으로 감, 고구마, 키위, 오렌지 등을 싸왔다. 살림하는 여자들이라 알아줄만 하다. 배불리 먹고도 짐은 그대로 한 짐이다. 다행히 옆에서 식사하던 이들이 반찬이 남았으면 달라기에 모두 챙겨주니 맛있다고 고맙다고 입이 마르게 칭찬을 한다. 남은 음식을 모두 챙겨주어 간단해진 우리는 칭찬까지 들으니 기분이 더 좋았다.

산을 둘러보려고 호숫가로 가면서 우리는 놀라워했다. 호수는 백두산 천지호와 너무도 닮아있었다. 백두산 다녀온 지 얼마 안 되어서인지 금방 알아보겠다. 웅장한 바위만 호숫가를 둘러싸고 있으면 천지호와 꼭 같겠다. 우리는 호숫가 길을 돌며 어쩌면 이렇게 가까운 곳에 이런 곳이 있느냐며 이곳을 선택해 데려온 친구에게 고맙단 인사도 했다. 산 정상에 호수가 있는 것이며 물이 어디서 오기에 이렇게 맑은 물이 가득할까 의아해했다. 마침 안내원이 있기에 여쭈었더니 자세히 설명해 주었다. 박정희 대통령 때 군인들을 동원해서 한라산 백록담과 백두산 천지호를 모델로 이 호수를 만들었는데 그때에 군인이 많이 희생 되었단다. 물은 전기로 청평 호수에서 끌어 올린다는 말에 즐거웠던 마음이 착잡해진다. 이런 아름다운 산에 지리적 조건도 좋고 등산하기도 좋아 많이 찾을 것 같은데 한창 때의 젊은이들을 희생시키면서까지 호수를 만들었을까 싶다. 이것을 관리하려면 인건비와 물을 끌어 올리는 전기료와 많은 비용이 들어 갈 것이다. 그 비용은 누가 지불하는 것일까? 자연이 아닌 인공으로 만들어졌다는 말에 자연 훼손이 바로 이런 것이구나 하는 생각이 든다. 산봉우리로 그냥 두어도 아름다웠을 텐데 아쉬운 마음과 여기에서 희생된 영혼들을 떠올리며 그들의 안식를 위해 기도했다. 오랜 세월 지나온 일이고 앞으로 관리해야 하는 일, 우리는 더 이상 말을 하지 않기로 했다. 좋은 친구들과 즐겁고 편안한 산행을 할 수 있어 행복했다.

3장_세월에 삶을 싣고

선택

살아가면서 당면한 문제에 어떻게 대처해야 하나 하고 수없이 반문하면서도 결정을 못 하고 망설일 때가 참 많았다. 지금은 고민할 것도 깊이 생각할 일도 없지만 지난날에는 선택을 못하고 며칠 동안 고민도 했었고 순간의 잘못 선택으로 혹독한 대가를 치른 적이 있었다.

우리는 살아가면서 수없이 많은 일을 결정하고 선택 하며 생활해 가지만 그러한 선택과 결정은 희망을 주기도, 절망을 주기도 한다. 선택이 주는 중요한 요소는 참 크다고 생각된다. 언제부터인가 나는 선택을 해야 되는 때는 A, B를 놓고 분석을 해본다. A쪽은 안정되고 해야 할 일도 없고 편안한 곳이고 B쪽은 할 일이 있고 어려운 일이 있는 곳이다. 나는 B쪽을 선택하는 편이었다. 왜냐하면 A는 편한 생활이지만 거기까지가 한계인 것 같고 B쪽은 힘은 들지만 그 일을 해나가면서 열심히 해결해가면 보람도 있고 살아가는 데 자신감과 자존감이 더 생겨 당당하게 인생을 활기차게 살아갈 수 있는 힘이 생겨날 것 같기 때문이다. 인생의 여정에서 어떤 선택을 하며 그 선택을 이끌어 가느냐에 따라 달라짐을 내 경험으로 나는 확신한다. 순간의 잘못 선택으로 많은 고통을 겪고 있는 이들을 보아온 나는 선택의 중요함을 아주 깊게 생각한다.

앞으로 나의 삶은 종교를 선택함으로 하느님을 향한 마음과 그 분의 가르침을 믿으며 교리에 어긋나지 않는 생활로 열심히 청원하며 기도드리면서 사는 일에 최우선을 두고 싶다.

내가 지금 선택을 춤이나 배우고 노래교실에 가고 즐기며 산다면 앞으로 더 노년이 되면 무엇이 나에게 남아있으며, 더 외롭고 쓸쓸할 것 같다. 더 늙어서도 열심히 할 수 있는 일을 찾아야 되지 않은가 싶다. 오늘도 손목이 아프도록 키보드를 두드려 본다. 익숙해지기를 바라며….

"주님! 당신 안에 제가 있고 제 안에 주님께서 계시는 측은測隱을 주소서! 당신 계심을 믿고 의지하며 살고 있는 저에게 사랑해 주시고 축복해 주소서!"

유년시절

나는 이천에서 15km 정도 떨어진 작은 마을에서 태어났다. 우리는 조부모님을 비롯하여 큰고모까지 한 집에서 살았다. 나는 첫딸로 가족 사랑을 듬뿍 받으며 자랐다. 고모에 의하면 누군가 나를 안아 보려면 할아버지께서 식사를 마치기 전에 일어나야 하기 때문에 밥도 제대로 못 먹고 일어났다는 말씀에 내가 그렇게 귀한 몸이었나 하고는 피식 웃은 적도 있다. 할아버지 사랑은 너무 극진해 엄마는 젖 먹일 때만 나를 안아볼 수 있었다는 말씀에 많은 사랑을 받고 자란 것은 사실이었던 것 같다.

할아버지는 어디를 가시든지 나를 안고 다니셨다고 한다. 나는 저녁시간 식구들 앞에서 동네 할아버지들의 흉내를 내며 재롱을 부려 웃음이 집안에서 끊이지 않았다 하시며 아버지는 사랑과 믿음과 흐뭇한 마음으로 바라보시며 나를 대견해 하셨다. 나는 부모님의 사랑에 언제나 당당하고 거침이 없이 살았던 것 같다.

할아버지께서 돌아가시고 고모들은 시집을 가고 나도 학교를 다니며 생활방식이 달라졌다. 학교에서 돌아오면 책가방을 마루에 놓을 새도 없이 동생을 안겨주는 엄마를 싫다는 말 한 마디 못하고 업고 있어야 했다. 엄마의 일이 끝날 때까지 동생을 보았다.

연년생으로 낳은 동생들 때문에 내 등에는 언제나 동생이 업혀 있었다. 친구들과 놀이를 한 기억이 나에겐 없다.

등에 동생을 업고 서서 무슨 책이든 눈에 띄면 읽었다. 책이라야 심청전, 장화홍련전, 홍길동전이었지만 가끔은 친구 오빠한테 있는 책을 빌려 보기도 했다. 그 때 읽었던 책 중에 펄벅의 대지와 이광수의 사랑은 지금도 가슴 설레게 한다. 중국의 엄청난 대가족과 광활한 들판, 백두산 가면서 이 작품이 생각났었다.

나는 꿈도 욕망도 희망도 없이 하루하루를 애나 보며 공부를 해야겠다는 생각도 없이 무의미하게 지냈다. 이제와 생각하면 내가 왜, 그렇게 바보같이 살았는지 후회도 많이 했다. 하지만 이제는 똑똑하지 못하고 바보 같은 나를 오늘 이렇게 여유 있는 마음을 감성을 갖게 해주신 주님께 감사하며 남은 인생의 끝은 언제인가 떠올려 본다.

04
—
내 삶의 일기

은총 내려 주소서

"자기의 안경이 더러운지 모르고 앞 창문이 더럽다고 세차 한 사람을 차안에 앉아서 꾸지람 하는 인간이 되지 말자. 편견으로 세상을 보지 말고 주님 안에서 모든 것을 이해하고 바라볼 줄 아는 인간으로 살아가자." 이 글이 내 마음에 와 닿는 것은 모든 사물과 일을 내가 보는 느낌과 판단으로 결정하고 고집스럽게 살아왔음을 느꼈기 때문이다. 얼마나 많은 죄를 지었고 내 식구 형제에게 아픔을 주었을까 생각하면 미안하고 면목이 없어 마음이 무겁다. 나는 이런 모든 것에 죄의식을 느끼고 아파하는 마음을 갖는 것을 70여 년이 지난 지금에야 알고 후회하면서 얼마나 우둔하고 미련한 삶이었나 자책한다. 이제부터는 하루하루를 주님 말씀을 새기며 조심스럽게 내 주위의 모든 이들과 소통하며 살 것을 다짐한다. 간절함을 담아 주님을 바라보며 진심으로 기도한다.

"저의 이 마음 변하지 않고 성실히 살아 갈 수 있도록 지혜를 주십시오. 저희 안에 불안한 마음을 확신으로 바꿔 주시고 저에게 두려움에서 벗어나 강한 믿음을 갖게 해 주십시오. 냉담함을 온화함으로 내 안에 어둠을 당신의 밝은 빛으로 비추어 주십시오. 삐뚤어진 저의 마음을 올곧게 하여 올바른 나로 살게 해 주십시오. 주님을 바라보며 오늘도 감사 기도보다 청원의 기도를 드리는 저입니다. 주님의 자녀로 손색없는 생활 하도록 슬기와 지혜를 주시어 주님 앞에 가는 날 두려움 없이 설 수 있는 은혜 주시기를 간절히 기도드립니다. 주님, 언제까지인지 알 수 없으나 여기에 있는 동안 주님을 바라보며 열심히 살겠습니다. 생활의 모든 방향을 주님을 향한 마음으로, 삶의 의미를 주님을 믿는 믿음으로 살아가는 제가 될 것을 다짐합니다."

꾸준히 기도하고 일하고 공부하며 노력하는 삶을 갖고 주님을 향한 믿음으로 살아가는 신앙인이 되어야겠다고 수없이 다짐한다. 기도가 없으면 구원도 없다. 주님을 희망으로 삼고 하늘을 바라보면서 삶을 여유롭게, 너그러운 모습으로 살아가야겠다. 내 마음 안의 세상 욕심, 부정한 생각은 떨쳐 버리고 마음을 정화시켜 깨끗한 마음으로 살 것을 다짐한다.

내 삶의 일기

세월이 흐르면서, 기억 속에 남아있는 무언가를 무심결에 꺼내어 생각하는 버릇이 종종 있다. 살아오면서 느꼈던 좋은 감정뿐만 아니라 좋지 않았던 감정까지도 어느 때는 내가 세상을 살아갈 이유와 살아야 할 힘이 되기도 한다. 사람으로 태어나 세상을 살아가는 일은 그렇게 호락호락하지만은 않다. 끊임없이 나를 들여다보고 내 안의 결점이 무엇인지를 찾아서 내가 바로 서기를 주저하지 말아야 하며 주어진 시간 속에서 타인과 공유하며 살아가고 있음을 감사하게 생각해야 한다. 우리는 살아가면서 삶을 어떻게 살아가야 하는지가 매우 중요하다. 같은 종이지만 생선을 쌓던 종이는 비린내가 나고 향을 쌓던 종이는 향내가 나는 것처럼 사람도 인생을 어떻게 살았느냐에 따라 향내가 다를 것이다.

노년이 되었을 때 지나온 인생의 연륜이 보이듯이 인생은 생각 없이 그 순간의 감정대로 행동하는 삶이 아니라 진실을 담은 진솔한 모습으로 살아야 함을 느낀다. 아무리 즐거운 여행이라도 돌아갈 집이 있으므로 평안하고 안정된 여행을 할 수 있듯이 우리의 인생도 사후에 영원한 안식을 준비하는 삶을 살아야 함을 절실히 느낀다. 우리는 교회 안에서, 죽음은 죽은 이의 영혼이 영원한 삶을 시작하는 것이기에 그 길을 위해 기도하고 염원하며 생활한다. 이 세상에서 삶의 행적에 따라 천당, 연옥, 지옥으로 갈라지는 교리 앞에 우리는 천국을 향한 희망을 갖고 주님 앞에 기도하고 절제하면서 선을 위한 최선의 삶을 살려고 노력한다. 그러나 항상 모자라는 인간이기에 죄인으로 주님께 용서를 구하며 은총과 자비를 청하는 기도를 드린다.

나무는 봄이 오면 땅의 거름과 물을 빨아 올려 잎을 틔우고 푸르고 울창한 나뭇잎을 만들어 우리 앞에 짙푸른 생명감을 준다. 가을이면 성장을 멈추고 뿌리로 영양을 내려 보내 푸르던 잎을 변색시키고 버리기 시작한다. 그리고 빨강 노랑 단풍으로 우리를 감탄하게 한다. 버림으로써 아름다움을 주는 나무와 같이 우리도 어느 순간에는 내어 놓을 줄 아는 아름다운 마음을 갖는 여유로운 삶을 살아야 할 것이다.

하늘을 우러러 보며 겸손과 순명과 사랑을 겸비한 인생을 살아가야겠다고 다짐하며 마음을 다스린다. 우리는 세상에 아무것도 가져오지 않았으며 이 세상에서 아무것도 가지고 갈수도 없다. 빈손으로 왔다가 빈 손으로 가는 것이 인생이다. 죽음의 순간에는 빈

손으로 가지만 살아생전 행한 삶의 흔적을 안고 사후에 영원한 삶을 시작한다. 하느님 나라에서 평안과 행복을 보장받는 삶을 살아야 함을 가슴 안에 깊이 새긴다. 올바른 습관의 실천을 통해 주님께서 주시는 성덕에 은총을 받을 소양을 갖추고 환경을 만들어 가야겠다. 긍정적이고 올바른 습관을 길러 좋은 영향을 미치며 겸손한 마음, 건강한 삶을 만들어 가도록 다짐해 본다. 영적 단순함의 습관을 갖추고 순명의 삶을 살면서 이웃을 배려하는 마음을 갖도록 노력할 것을 가슴에 새긴다.

일생을 겸손과 순명으로 주님 곁에 함께하신 성모님을 그리며, 성모님을 닮은 생활을 만들어 갈 것을 굳은 신념으로 다짐한다. 그런 삶을 살아가도록 마음 약한 저를 지켜 주시기를 어머니께 기도 드린다. 교회의 가장 큰 계명은 '네 마음을 다하고 네 목숨을 다하여 너의 하느님을 사랑해야 한다.'는 것이다. 하느님의 사랑은 한없이 큰 사랑을 우리에게 주시고 계신다. 하지만 인간의 사랑은 늘 되돌려 받을 것을 기대하며 베풀어진다. 이제는 사랑을 되돌려 받을 수 없는 그 사랑에도 화답을 했으면 한다. 오늘도 나는 나의 발걸음을 주님께로 이끌어 주시고 평화와 사랑의 길로 인도해 주십사 하는 간절한 소망을 담아 기도를 드린다.

묵주를 돌리며

환한 미소로 제게 오신 성모님, 어머님을 깊이 알기까지 참으로 많은 길을 돌아왔습니다. 굽이굽이 인생의 아픔을 겪으며 주님께 기도할 때도 어머니께서 저를 돌보아 주시고 함께 하셨음을 그때는 몰랐습니다. 잡념 속에서 무심히 묵주만 돌렸던 때에도 어머니께서는 저를 버리지 않으시고 지켜주셨음을 이제야 깨닫고 어머니께 눈물로 용서를 청합니다. '어머니, 나의 어머니' 저의 마음을 다해 어머니를 공경합니다. 크신 사랑과 은총 잊지 않고 어머니의 자녀로 살아갈 것을 다짐합니다. 세상일에 묻혀 어머니를 잊고 있을 때에도 저를 모른 채 않으시고 살펴 주셨기에 오늘 제가 있음을 압니다. 아침 기도를 드리며 저의 삼 남매 가정을 봉헌하며 어머니께 청원의 기도만 드리는 이기적인 저를 용서하소서. 어머님께서는 힘들고 마음이 안 좋을 때만 찾아와 떼쓰듯 하는 저를 따스한 미소로 내려다 보셨습니다. 어릴 적 일이 힘들고 막막할 때마다 어머님 앞에서 "어떻게 하면 되겠습니까?" 하면 언제나 같은 모습으로 내려다보시는 어머니를 뵈면서 힘을 얻고 돌아갔었습니다.

어머니께서도 사랑하시는 외아들 예수님의 수난과 고통을 곁에서 꿋꿋하게 지키시면서 얼마나 가슴이 아프셨을까? 참으로 힘든 인생을 사신 어머니를 묵상하며 마음을 굳게 다져봅니다. 복잡하고 속상하면 어머니를 찾아와 미소로 맞이해주시는 고요한 모습을 뵈면서 저를 지켜주실 것을 믿으며 열심히 살아내야겠다는 결심을 했었습니다.

이제는 삼 남매 모두 결혼해서 둘씩 손주를 두어 손자, 손녀가 여섯이 되는데 예쁘게 잘 크고 삼남매 모두 잘 살고 있어 이 세상 복은 제가 다 받고 있는 기쁨 속에 살고 있습니다. 아이들이 전화해서 건강을 챙겨주면 반갑고 그렇게 행복할 수 가 없습니다. 전화 한 통화에도 이처럼 행복을 느끼는 것은 이제 나도 나이를 먹었구나 싶습니다. 이 모든 것이 성모님께서 저를 지켜주셨음을 마음 깊이 깨달은 저는 이제야 은총과 감사의 기도드립니다. 항상 미소로 답하시는 어머니, 바라만 뵈어도 편안하고 행복해집니다. 당신의 아름다운 미소 안에 깃든 포용의 사랑을 가슴 가득 안고 힘차게 주님께서 가르쳐 주시는 사랑의 길을 순종과 겸손으로 따르겠습니다. 제가 드리는 청원에 귀 기울여 주시고 당신 뜻대로 저를 이끄심을 믿고 철없이 매달리는 청원의 기도드립니다.

비오는 날

빗소리에 잠에서 깨어 일어나 밖을 보니 굵은 빗줄기가 뿌옇게 앞이 안 보일 정도로 내리고 있다. 몇 시나 되었는지 시원하게 오는 비를 바라보니 내속에 있던 모든 찌꺼기를 정화시켜주는 것 같은 기분이 든다. 봄부터 비가 오지 않아 이렇게 가물면 안 되는데 생각해서인가 참 반가운 비다. 농사짓는 분들이 한시름 놓겠다.

우리 집에 화초들도 빗줄기 속에 싱그러워 보인다. 창가에 앉아 멍하니 빗줄기를 바라보고 있으니 그 누군가가 그리움이 되어 나의 마음을 울적하게 한다.

괜스레 이름도 얼굴도 떠오르지 않는 알 수 없는 그 누군가가 그리워짐은 내가 마음이 많이 약해진 탓일까? 비오는 날이면 마음이 들떠 미루어 놓았던 일도 찾아서 하고 더 부지런히 쓸고 닦던 내가 이렇게 축 쳐져 앉아 이런저런 생각에 젖어 굵은 빗줄기가 가늘어져 약해지는 빗줄기를 바라보며 지나온 세월을 떠올려본다.

인생의 끝자락에서 지나온 삶에 대한 회한과 아쉬움이 남아서인가? 아니면 배우고 싶고 이루고 싶은 것에 대한 욕망 때문인가? 가슴 한편에 안고 사는 갈망은 무엇인지 하느님께서는 우리에게 이렇게 갈등 안에서 올바른 믿음을 찾아 지혜롭게 살라는 계시인가?

비를 주어 대지를 풍요롭게 해주고 모든 작물을 푸르게 해주시는 하느님께 감사 기도를 드리며 울적했던 마음을 털어버리고 먼동이 터오는 하늘을 보며 오늘을 시작한다.

"밝은 오늘을 맞이하게 해주시는 주님 감사합니다. 오늘도 이웃과 정을 나누며 여유롭게 웃음 가득 담은 모습으로 살게 해주십시오."

삶의 여정

    인생은 태어나는 순간부터 시작된다. 탄생과 동시에 세상을 살아가다 죽음을 맞는 그 사이에 수많은 선택이 모여 엮어지는 삶이 한 인생의 역사를 이루는 것이 아닌가 생각한다. 우리가 살면서 그 선택이 기준이 되어 어떤 선택을 하며 사느냐에 따라서 결정되어짐을 칠십 년이 넘어서야 깨닫게 되었으니 안타까울 따름이다. 이러한 지혜를 삼사십 대에 깨달았다면 좀 더 규모 있고 지혜롭게 살지 않았을까 싶다. 그랬다면 후회 없는, 보람 있고 희망 가득한 인생이었을 것 같다. 이제는 모든 것을 접고 쉬어가면서 남은 인생은 여유롭게 주위도 돌아보며 살아야겠다고 다짐해 본다. 칠십의 나이가 되어서야 내 인생을 생각한 것이다. 현실에 닥친 앞 일만 생각 하고 미래는 오는지 가는지 관심도 없었다. 매일매일 그날 들어오는 수익과 일에만 매달리며 숨 가쁘게 살아온 세월을 돌이켜 보며 회한에 젓는다.

그동안 나는 종교에 진실한 믿음 없이 기도를 소홀히 하며 주일 미사와 일 년에 두 번 있는 판공성사만 보는 게으른 신자였다. 그렇지만 선택의 기로에 놓여있을 때 하느님을 선택했다. 선택을 할 때에는 기준이 필요하다. 인생이 이루어지기 때문이다. 늦었지만 육적인 일에 최선을 다해 살아온 지금의 나는 선택에 있어 즐기는 삶보다는 진실하고 참된 삶을 살아 노년을 하느님을 향한 믿음으로 참된 신앙인으로 살 것을 다짐했다. 하느님을 선택한 나는 행복하다. 지금의 나는 허영, 욕망에서 벗어나 평온하고 모든 일을 긍정으로 바라보는 마음이 항상 평화롭다. 어느 때는 내가 바보가 된 것이 아닌가 싶기도 하지만 신경 안 쓴다. 예수님께서도 광야에서 사탄의 유혹을 이겨내심과 같이 흔들리는 내 마음을 더 가다듬어 기도하며 하느님의 자비하심 안에 살아갈 것을 다짐한다. 백화점의 물건들을 보면서 사고 싶은 유혹이 일어도 마음을 다지며 이겨낸다. 우리는 두 주인을 섬길 수 없는 나약한 인간이기에 강해져야 한다. 이런 세속의 유혹을 이겨내고 나면 기쁘고 겸손 해지고 더 진심어린 기도로 잡념 없이 집중하게 됨을 느낀다. 항상 유혹에 빠지지 않도록 기도하라는 기도문을 외어 본다. 기도만이 유혹에서 벗어날 수 있고 주님을 내 마음 안에 모시는 삶이되기에 화살기도를 수시로 한다. 사람들은 신앙에서 주님을 잊을 때 주님의 뜻대로가 아니라 자신의 뜻대로 살고자 한다. 이런 유혹에 빠지지 않기 위해서는 성경, 교회의 가르침, 성인들의 전기, 하느님의 말씀에 귀를 기울여야 함을 느낀다. 우리는 하느님의 뜻에 일치하여 하느님께서 원하시는 것을 원하시는 방법대로 실천 하고 따르는 것이 신앙이라 생각한다. 하느님께 대한 믿음, 희망, 사랑 안에 살아야 참 신앙인의 자세로 유혹에서 벗어나 영적 성장을 키울 수 있다. 습관 된 죄에 빠지지 않도록 항상 기도해야 함을 깨닫는다. 죽음이 앞에 왔을 때 편안한 모습으로 미소 지으며 갈수 있는 여유로운 삶을 살도록 마음속으로 다지며 기도 한다.

오늘 하루도 생각과 말과 행위로 지은 죄와 소홀히 한 죄를 자세히 살피고 그 가운데 버릇이 된 죄를 깨닫기를 바라며 간절하게 기도를 올린다.

순종과 순명

　장미꽃이 만발한 5월은 성모성월의 달이다. 천주교 신자들에게 5월은 특별히 성모님을 찬송하고 공경하는 시기로 성모님을 기리기 위한 행사를 한다. 올해는 코로나19로 모든 일정이 취소되고 성모님의 기도회도 중단 되었지만 신자들이 각자의 집에서 간절한 마음으로 코로나 종식을 위한 기도를 하고 있다. 우리 교회에서는 왜, 성모 마리아를 가장 아름다운 여인으로 공경하는가? 성모님의 미모가 뛰어 나서도 아니고 예수님을 낳으셨기 때문도 아니다. 그분이 아름다우신 것은 믿음과 순종에 있다. 성모님은 구세주의 탄생 소식을 제일 먼저 접한 분이시고 맨 먼저 그 소식을 받고 전적으로 받아들인 분으로서 우리 교회에서는 성모님을 교회의 모상으로 공경하여 왔다. 성당에 들어서면 성모님상이 우리를 맞이 해주신다. 신자들은 성모님께 인사하고 묵상하며 기도 한다.

　성모님께서 처녀였을 때 가브리엘 천사가 하느님의 은총으로 아기를 잉태하실 것이란 예고를 하였다. 성모님은 나는 남자를 알지 못하는데 하고 반문하신다. 하느님의 뜻이라는 말에 성모님은 얼마나 당황스럽고 마음은 온갖 근심으로 차올랐을까? 그러나 성모님께서는 어떤 일이 일어나는지 미래에 대한 걱정에만 매달려 근심하지 않으시고 '주님의 종이오니 제게 이루어지소서.' 하는 순명의 말씀을 하셨다. 약혼자 요셉께서 계셨는데도 하느님의 뜻에 당신을 모두 맡기고 순명하신 분이시다. 요셉이 계심에 망설임도 주저하심도 없이 순종을 드리고 있다. 요셉 성인도 마리아의 잉태 소식을 듣고 파혼을 결심 하는데 꿈에 천사의 말을 듣고 성모님을 도와 같이 예수님 기르신다. 요셉 성인도 우리는 임종의 주보성인으로 모시고 있다. 예수님의 일생도 외양간 구유에서 태어나시고 고난 속에 십자가에 못 박혀 돌아가시는 아드님의 고통을 옆에서 지켜보신 성모님은 가슴 찔리는 아픔을 겪으신 고통의 일생을 말없이 견디어 내신 아름다운 분이시다. 성모님은 우리 신앙의 전구자이시고 전달자이시고 바른 길로 인도해 주시고 계심을 우리들은 믿고 성모님을 공경한다. 성모님의 '주님의 종이오니 그대로 제게 이루어지소서.' 이 말씀은 읽을 때마다 숙연해지고 가슴이 떨린다. 십대의 나이에 이처럼 아름다운 순종의 말씀을 하신 것이 놀랍다.

우리의 기도를 전달해주시는 중재자이신 성모님, 어려울 때 가장 위안이 되고 위로와 힘이 되어 주시는 성모님을 우리는 공경

드리고 사랑한다. 교황님께서도 고통을 겪고 있는 현실에 성모님께 드리는 묵주기도와 자비의 기도를 열심히 하라고 당부하신다. 성모님께서 내안에 오시어 옳은 길로 인도하고 계심을 느낄 때에 그 기쁨은 느껴보지 않은 이는 모른다. 세계적으로 성모님께서 발현하시어 기적을 보여주신 것은 수 없이 많다. 우리나라에도 장호원 감곡성당에 모셔진 성모상의 기적은 유명하다. 육이오 때 인민군이 성당을 점령하고 상주하면서 그 안에 계신 성모님의 상을 없애려고 몇이서 밧줄로 묶어 잡아당기는데도 꿈적도 않고 꼿꼿이 서 있어 놀라서 그냥 두고 철수 했다는 그 성모님 상이 감곡 성당에 가면 지금도 성당을 지키고 계시다. 성모님의 모범적인 삶, 고달프셨던 성모님의 일생을 묵상하며 남은 인생 성모님의 순명과 겸손에 삶을 따를 것을 다짐하며 묵주를 가슴에 조용히 품어본다.

신의 존재

"하루살이와 메뚜기가 친구가 되어 함께 놀았다. 저녁때가 되자, 메뚜기가 오늘은 그만 놀고 내일 놀자 말했다. 그러자 하루살이가 '내일이 뭐니?' 하고 물었다.' 메뚜기가 내일에 대해서 설명해 주어도 하루살이는 이해 할 수가 없었다.", "개구리와 메뚜기가 놀았다. 개구리는 메뚜기에게 날씨가 추어지니 '우리 그만 놀고 내년에 만나자.' 하고 말했다. 메뚜기는 내년이 무슨 말인지 알지 못했다. 개구리가 설명해 주어도 메뚜기는 이해하지 못했다."

하루살이는 밤을 알지 못하지만 분명 밤은 이 우주에 존재 한다. 또 메뚜기가 겨울을 알지 못해도 겨울은 있다. 메뚜기가 겨울을 이해하지 못할 뿐이다. 나는 우화를 읽으면서 신의 존재에 대하여 생각했다. 사람이 본적도 볼 수도 없고 만난 적이 없다고 해서 신이 존재하지 않는다고 말할 수는 없다. 인간 사회에서 신을 부정하는 사람도 있을 것이다. 그러나 하루살이가 밤을 부인한다고 해서 밤이 세상에 없는 것도 아니고 메뚜기가 겨울을 알지 못한다고 해서 겨울이 존재하지 않는 것처럼 우리가 알지 못한다고 하여 신이 아니 계시다는 것은 하루살이나 메뚜기와 같이 뭐가 다를까 생각해 본다. 과학자들은 보지 못하고 알 수 없는 존재를 증명하려고 애썼다. 미국의 과학자는 우주선을 타고 하늘 높이 올라가 본 소감을 "하느님의 세상은 너무도 아름다웠다."라고 말했다. 그러나 소련의 과학자는 하늘 높이 우주선을 타고 올라가 보고는 "신은 없다. 절대로 없더라."라고 말했다.

신은 볼 수 있는 눈과 보아도 보지 못하는 눈이 있다는 생각이 든다. 그러나 나는 신은 반드시 있어야 하고 우리 인간을 위해 신은 존재해야 된다고 생각한다. 우리가 고통스러울 때 신을 찾고 억울한 일을 당했을 때 신을 찾아 위안을 삼고 안도한다. 이 세상에서 자식들이 부모를 언제 찾는가를 생각해 보면 쉽게 알 것이다. 저희들이 행복하고 평화로우면 부모를 찾는 횟수가 적다. 힘들고 고통스러우면 찾아와 도움을 청한다. 이와 같이 우리도 어려움이 오면 신 앞에 엎드려 기도한다. 보이지 않는 분이시지만 우리 곁에 언제나 계시고 우리를 보살펴 주신다는 믿음으로 어떤 어려움도 극복할 수 있는 지혜를 얻는다. 이것이 믿음이고 신앙의 힘이라 생각한다. 나치 수용소에서 수십 미터 지하 감방에 갇힌 죄수가 깜깜한 지하 감방 벽에다. "나는 하늘에 해가 떠 있음을 믿는다."란 말을 적어놓고 절망하지 않고 꾸준히 희망을 찾아 노력하여 생존

했다는 글을 읽은 적이 있다. 최악의 조건 속에서도 포기하지 않고 희망과 굳은 믿음과 신념에는 이겨낼 수 있는 의지와 지혜가 생겨 나는 것을 느낀다.

예수님께서 토마스에게 "보지 않고 믿는 자는 복되다." 하셨고 바울과 같은 대학자도 믿음이란 "보이지 않는 실상"이라고 하셨다. 우리는 볼 수 없고 만질 수도 없는 존재를 믿고 있는 슬기를 가졌 다. 이것이 신앙이고 축복이 아닐까 생각된다. 내 마음을 알아주지 않고 오해가 생겨서 속상하다가도 주님은 내 마음을 아실 것이란 믿음이 있어 괴롭다가도 위안을 삼고 있다. 어느 성인의 말씀처럼 세상에서 다양한 희비와 경륜을 통해 살아가면서 영적으로 성숙 하고 굳은 믿음으로 변해 간다고 하였다. 이 세상에서 우리의 삶은 기분에 따라 변하는 삶이 아니고 흔들리지 않는 굳은 믿음과 마음 의 자세로 사는 삶이 평화와 지혜로운 안정된 삶이 아닌가 싶다. 괴롭고 어려울 때만 찾는 기복 신앙이 아니고 삶을 신과 함께 그 분의 뜻에 어긋나지 않는 신앙을 갖춘 현명한 참 신앙인이고 싶다. 보이지 않는 신이지만 내 곁에 계시는 보이는 분으로 섬기며 사는 신앙인은 축복 속에 참 삶을 사는 올바른 사람이 아닌가 한다. 그 러나 나는 성전 안에서는 통회와 뉘우침으로 진심어린 기도를 바 치지만 일상 안에서는 다시 반복되는 똑같은 죄를 반복해서 짓는 다. 내가 원하는 것에만 최선을 다하는 것을 마치 주님을 위한 노 력이고 신앙으로 최선이다 생각 했었다. 합리화 하고 이기주의에

속한 나였다. 허탈하고 두려움으로 깊은 침묵 속에 묵상하며 기도
한다. 70평생을 무엇을 하며 살았는가 싶다. 형제에겐 무심한 언
니, 자식들에겐 매일 바쁜 엄마일 뿐, 아무것도 이룬 것 없는 슬픈
뉘우침에 이른다. 주님께서 무엇을 하다 왔느냐 물으시면 한 마디
말도 못하고 엎드려 눈물만 흘리고 있을 것 같은 기분이다. 그래
도 오늘 하루 성모님께 봉헌 드리며 묵상하면서 편안한 저녁을 맞
음에 감사기도 드린다.

완벽하지 않은 신앙

살다보면 내 의지와는 상관없이 시련이 찾아 올 때가 있습니다. 경제적 어려움, 대인 관계에서 겪게 되는 배신과 상처, 육체적 질병, 죽음의 공포 등 크고 작은 일이 삶을 위협 합니다. 나는 힘든 시련이 왔을 때 무릎을 꿇고 하늘을 향해 기도를 올립니다. 예전에 주님은 나의 삶이 평온하고 안정적일 때만 함께하는 분이라고 생각했습니다. 하지만 신앙이란 행복하고 평탄한 삶을 사는 이에게만 필요 한 것이 아니라 불안정한 사람, 힘든 시련 속에 있는 이들에게 더욱 필요한 것이란 생각이 듭니다. 모든 것이 잘 정리되어 안정이 되고 편안할 때 성당에 나가야지, 이런 생각은 자기를 더욱 힘들게 하고 고립시켜 주님의 은총을 거부하고 떠나게 됩니다. 시련이 닥쳐 힘들 때 주님께 간절히 청원 하고 주님을 찾으며 가까이 다가갈 때 믿음으로 주님의 은총을 받을 것입니다.

신앙인으로서 가슴에 품고 살아온 여러 어려움과 아픈 상처의 문제를 한 순간에 풀어 답을 찾을 수는 없습니다. 그것이 한 순간에 이루어진다면 주님께 돌더러 빵이 되게 하라고 유혹하던 사탄이 만든 환상과 다를 바 없는 것입니다. 주님의 침묵은 우리가 답을 얻기 위한 필요한 시간이란 생각이 듭니다. 기도를 통해 갈등이 정화되고 반성하며 내 자신이 변화되고 안정되어 가는 것을 삶을 통해 느낍니다. 주님께 매달리고 청원하며 걸어가다 보면 세상에서의 삶이 보이지 않는 어둡고 긴 터널 속에 있다고 느껴질 때가 있습니다. 우리의 신앙인에게 좌절하지 않고 필요한 것은 주님께 다가가는 단 한 걸음입니다. 이것이 신앙인의 발걸음이라 생각됩니다. 도저히 끝이 보이지 않아 주저앉고 싶고 갈 수 없다고 느껴지는 순간이 터널의 끝에 가기 위해 내딛는 한 걸음일 것입니다. 용기와 의욕만 있다면 시련은 얼마든지 이겨 낼 수 있다는 믿음입니다. 시련은 끝이 보이지 않는 것 같아도 시련은 반드시 끝나기 마련입니다. 그리고 행복은 배로 찾아옵니다. 시련을 이겨내면 느낄 수 있는 행복은 너무도 큽니다. 속담에 비 온 뒤에 땅이 더 굳어진다는 말과 같이 주님 안에 기도하면서 더욱 가까이 다가갑니다. 주님과 함께하면서 스스로에게 확신을 깨우쳐 나갑니다. 지난날 어렵고 힘들었던 모든 일이 오늘의 나를 있게 하려고 시련을 견딜 수 있는 만큼 주신 주님의 큰 사랑이었음을 이제야 깨닫습니다. 숱한 어려움과 시련의 시간을 신앙으로 극복 했을 때 이 지상에서 천상의 기쁨을 맛보게 하는 것이 신앙이기 때문입니다. 오늘

도 성모님께 봉헌 드리며 주님을 가슴깊이 묵상하면서 편안한 저
녁을 맞이함에 감사기도 드립니다.

움켜 쥔 손

손을 쥐었다 펴 본다. 다시 천천히 쥐었다가 활짝 펴 본다. 몇 번이고 쥐었다 펼쳐보기를 반복하다가 세월의 흔적이 고스란히 남아있는 손을 찬찬히 들여다본다. 한 손으로 손을 감싸며 "고생했다, 고생했어." 지금까지 너를 빌려 살아온 것이 참 행복이다. 안쓰러운 마음으로 손등을 토닥여 본다. 얼마나 많이 움켜쥐려고 애를 태웠을까? 또 욕심은 얼마나 부렸을까? 한편으로는 내려놓으려고 얼마나 또 망설이면서 참아 냈을까. 내가 나를 보며 어색할 때가 있는 것처럼 손등을 바라보면서 내 몸의 일부인 손이 낯설어 다시 만져본다.

가끔은 살면서 내 자신을 중심에 두고 살펴본 적이 있었나 싶다. 누구의 딸, 누구의 엄마로 인생의 대부분을 그렇게 보냈다. 내 존재는 무엇인지도 모른 채, 무엇을 바라고 그렇게 자신도 잊은 채 살아왔다. 정작 원하던 것을 손에 쥐었지만 끝까지 아무것도 잡지 못한 채 빈손만 허망 하게 남아있다. 통통하고 예쁜 손이 아니고 주름이 접힐 정도로 쭈글쭈글한 마른손이 내 가슴을 아프게 한다. 손이 크고 통통해 이담에 부자 될 손이라면서 잡아보시던 어르신들이 생각나서 손을 보며 웃어본다. 지금의 나를 생각하며 침묵 속에 잠겨 깊이 묵상한다.

세상을 살아가면서 선택의 기로에 섰을 때, 어떤 선택을 하느냐에 따라 인생이 달라진다. 내가 택한 길이 의외로 힘든 길일 수도 평안한 길일 수도 있다. 그렇다고 힘들다고 가려던 길을 포기할 수는 없다. 내일을 위해 힘들어도 선택한 길이니 참아내며 살아내야 하는 것이 인생이다. 잘 선택했다 안심했지만 아닐 수도 있어 당황할 때도 있다. 어떤 삶이 닥치더라도 내 앞에 닥친 삶은 최선을 다해 살아야 한다.

사람의 손은 고운 손도 있지만 거친 손도 있다. 인생 역시 그렇게 천차만별로 살아간다. 배가 고프면 어떤 음식도 맛이 있다. 목이 마르면 물맛이 더 좋아진다. 피곤하면 잠이 잘 온다. 햇볕이 고맙고 따뜻하게 느껴지고 기다려지는 것은 흐리고 싸늘한 어둠이 있기 때문이다. 우리가 만나는 기쁨이 큰 것은 이별이 있기 때문이다. 세월이 갈수록 모든 것이 새롭고 귀중하고 애틋한 것은 이제는 내가 할 수 있는 것이 없음을 알기 때문인 것 같다. 늙어가는 것이 이런 것이구나, 했다가도 아쉽고 허무한 마음이 드는 것은 어쩔 수 없다. 모든 것이 익숙하지 않고 어설프고 둔하고 알려줘도 돌아서면 잊어버린다. 점점 내 자신이 낯설어 너를 어떻게 하면 좋으냐고 내 자신에게 물어 보기도 한다. 어느 지체보다도 친숙하고 많이 보아온 내 손도 새삼스럽게 느껴질 때가 있다.

주변에서 날보고 손끝이 여물다고 했을 정도로 무엇이든 한두 번만 보면 잘 따라 했다. 지금은 몸도 손도 둔해지고 머리도 멍해져 있어 손에 일이 잡히지 않는다. 이제는 손에 무언가를 쥐려 해도 힘이 없을 때가 있다. 쥘 수 없는 손을 보며 그동안 고생 했다며 손등을 쓰다듬어 본다. 살아있는 동안은 열심히 살아보자는 마음으로 다짐 하지만 생각뿐이지 몸이 따라주지 않는다. 의욕만 앞서 있지 힘이 따라주지 않아 포기하게 될 때가 많다. 이제는 손 놓고 마음도 내려놓고 모든 것을 모르는 듯이 눈감고 조용히 바보가 되어 살아야 되나 싶다. 내가 원하는 것은 주위에 폐 안 끼치고, 자식들에게 걱정 안 시키고, 편안한 마음으로, 웃는 모습으로 이별을 하고 세상을 떠나갔으면 참 행복이겠다. 그것이 나의 소망이고 바람이다. 가늘게 떨리는 손을 보며 주님께 기도한다.

"저의 모두를 주님의 뜻에 맡기옵니다. 이 세상에 더 있어야 할 소명이 무엇인지, 해야 할 일이 무엇인지 주님의 뜻에 맡깁니다. 이 세상에 살아야 할 이유가 있다면 깨닫는 지혜를 주십시오. 주님! 저의 모두를 주님께 맡기고 주님의 뜻에 따르겠습니다."

인생의 흐름과 물의 흐름이 같이

나는 오늘도 성모님과 주님을 뵈러 갈 준비를 부지런히 한다. 날씨가 너무 좋아 미사 시간보다 일찍 집을 나섰다. 마음속으로 오늘 하루도 만나는 이들 모두가 행복하고 평안했으면 좋겠다는 바람으로 기도한다. 나의 하루는 이렇게 성당에 미사 가는 일로 시작 된다. 자전거를 타고 동네를 벗어나 비탈길로 내려가면서 바람을 맞을 때에 그 상쾌함을 나는 참 좋아한다. 내려가면서 개천이 시작되고 다리를 건너가며 나는 기도한다. 이렇게 아름답고 밝은 세상에 고통 속 거리를 헤매는 이들이 없었으면 좋겠다. 어지러운 세상 이국땅에서 외롭고 힘든 삶을 살아가는 난민들에게도 희망과 평화와 안정된 삶을 주시기를 바라는 마음으로 주모경을 바치며 기도드린다. 개천을 끼고 가면서 주변을 둘러보면 꽃 이름은 잘 모르지만 예쁘고 가냘픈 작은 꽃들이 피어있는 아름다움에 즐겁고 행복해진다. 나도 더 추한 모습이 되기 전에 고운 모습이 남아 있을 때 가족의 이별을 받으며 주님 곁으로 가고 싶다. 이 꽃들이 지고나면 연한 노랑꽃이 꽃잎은 작지만 키가 크고 청초한 모습으로 길목에 흐드러지게 핀다. 개천가에는 갈대가 우거져 성당 가는 길이 참으로 아름답다. 나는 시간이 되면 다리 밑 바위 위에 앉아 흐르는 물을 보면서 생각에 잠기곤 한다. 오늘도 물가에 있는 바위가 좋아 그곳에 앉아 거부감 없이 막히면 돌아가고 폭이 좁아지면 모으고 넓어지면 넓게 퍼지며 유유히 흐르는 냇물을 보면서 나를 되돌아본다. 계곡이 되어 좁아지면 소리 내어 흐르고 넓은 곳으로 내려오면 소리 없이 흐르는 것을 보면서 우리 인생을 떠올리게 한다. 우리도 살아가다 힘들면 불안해하다가도 안정이 되면 평안하게 조용해지듯이 인생의 흐름과 물의 흐름이 같음을 느낀다.

복음 말씀에 모든 것을 쌓아 두지 말고 물처럼 흘려보내라는 말이 새삼스럽게 떠오른다. 냇물아 잘 가거라. 나도 성모님과 주님 뵈러 성당에 가련다. 미사를 드리면서 깊이 묵상한다. 성모님! 저를 잊지 마시고 받아 주십시오. 오늘도 주님을 모시면서 거룩하신 당신을 깨끗하지 못하고 죄 많은 저의 가슴에 모신 것을 용서하시고 청결한 마음으로 살아가도록 이끌어 주실 것을 믿음으로 간절히 기도드린다. 어느새 또 잡념에 빠진 나는 십자가를 바라보며 잡념을 떨쳐버리려 애쓰는 사이 미사는 끝나간다. 이 나이가 되어서도 무슨 생각이 그리 많은지 기도를 하면서 집중 못하는 내가 한심스럽다.

"모두 내어 드리는 기도도 못하고 있는 나약한 이 죄인 가엾이 여기시고 이끌어 주소서. 성모님, 주님, 제 곁에서 항상 지켜 주시고 살펴 주십시오. 그러면 저는 행복 하겠습니다. 주님께서 저희에게 이웃을 사랑하라, 모든 것을 흘려보내라, 하신 말씀 깊이 새기며 주님 뜻을 따르는 삶을 살도록 다짐합니다. 사랑합니다. 공경합니다. 주님, 성모님."

추억 속의 그리움

계절이 바뀔 때마다 새로운 마음과 설렘으로 생각나는 얼굴들을 떠올리며 그리움에 젖는다. 화려하지는 않았지만 친근하게 살아갈 수 있었고 가난하지만 정직한 삶의 길을 갈 수 있었는데 생존경쟁의 살벌한 삶으로 다른 이에게 상처 주는 삶을 살아오지 않았나 생각해 본다. 지금은 해야 할 일도 책임져야할 일도 없이 평안한 생활 속에 지난 일이 떠올려지며 나를 추억 속에 잠기게 한다.

오년 전, 사월 달 마지막 주일에 피정을 갔다가 호스피스 봉사단에 참석해 일 년여 동안 활동한 적이 있다. 요양원으로 독거노인 가정에 환자 방문 연락이 오면 찾아가 기도하고 도움이 필요한 분은 적극 도우는 일이었다. 그중에 36세 되는 아가씨의 유암 말기 환자는 나를 가슴 아프게 했다. 간호하고 있던 어머니의 지친 모습과 병원에서도 포기한 자신을 지탱하고 있는 그 아가씨를 보는 순간 안타까웠던 그 감정은 지금도 나를 아프게 한다. 그는 이 세상을 떠났을 것 같다.

87세 된 노인은 생전에 공직에 계셨던 분인데 자식들은 모두 내보내고 넓은 집도 정리하여 원룸에 살고 있었다. 기도실, 침실, 주방만 있는 작은 공간에서 절제 있는 생활을 하며 살았다. 그럼에도 기도와 독서와 성당 가는 일은 빠뜨리지 않고 해왔다. 단조로운 생활이지만 당신에게는 이 일상이 많은 활동을 했을 때 보다 더 보람 있고 행복하다 하시며 기품 있는 미소 안에 여유로운 모습이 아름답고 참 어른의 모습이었다.

성모병원 7층에 김경식 박사가 주관하는 호스피스 병동이 있었는데 박사님께서 다른 곳으로 옮기시면서 운영이 어려워 해체되었다. 그때 찾아뵈었든 어르신 환자 분들이 어떠신지 떠오르며 인생의 끝이 어디며 어떻게 끝날 것인지 알 수 없음에 초라한 인생임을 느낀다.

현재의 우리가 안고 있는 코로나19도 예견할 수 없는 현실에서 생활에 많은 제약이 따른다. 몇 달 전만 해도 상상하지 못했던 일들이 삶을 완전히 변화 시키고 집안에 갇혀 지내게 되면서 마음의 불안은 더욱 커져갔다. 몇 주면 끝나겠지 기대했던 것이 몇 달이 지나도 알 수없는 안개 속에서 우리는 인내와 겸손한 마음으로 이겨 냈으면 한다. 우리는 일상생활이 곧 축복이란 것을 잊고 욕심을 내 엉뚱한 것을 찾아 헤맸는지 모른다. 조금 여유만 생기면 외국여행에 회식에 즐기며 살았음을 기억해야 함을 느낀다. 우리 이웃에

굶주림에 지쳐있는 이들도 있음을 느낀다. 마스크 없이 살 수 없는 현실에서 빨리 벗어날 수 있는 날이 오도록 기도하면서 겸손과 인내와 배려하는 삶 안에 이웃과 더불어 사는 지혜를 갖도록 노력해야 됨을 생각한다. 지금까지의 모든 경험이 준 교훈을 잊지 않고 겸손해 지기를 기도하며 만나는 모든 이들과 사랑으로 대할수 있는 넉넉한 마음으로 살 것을 다짐하며 주님의 은총을 청해본다.

태어날 때 나는 울고

"태어날 때 나는 울고 주위 사람들은 웃고, 죽을 때 나는 웃고 주위 사람들은 울고 슬퍼하는 그러한 인생이고 싶다."고 하신 생전의 김수환 추기경님 말씀을 생각하며 내 인생을 돌아본다. 나는 태어날 때는 대가족인 집안의 맏딸로 태어나 분에 넘치는 사랑을, 특히 할아버지의 사랑을 많이 받으며 자랐다. 우리는 태어나면서 정해져 있는 삶이 아니기에 환경과 내가 어떻게 살아가느냐에 따라 달라짐을 느낀다. 환경이 바뀌는 과정과 성장해 가면서 달라지는 나의 역할이 인생의 길을 가는 지름길인 것 같다. 학교를 졸업하고 사회로 나와서 초년생으로 여러 사람을 만나며 내 스스로 나의 생활을 해 나가는 과정에서 겪는 여러 가지 불안정 했던 생활을 되새기며 잘 적응해 왔음을 생각하며 안도에 한숨을 쉬어본다. 이제 와서 과거를 돌아보면 후회와 잘못한 일만 떠오르고 되돌릴 수도 없는 안타까움만 가슴에 맺힌다. 그래도 가슴 아픈 사연 힘

겨웠던 삶의 무게가 나에게 있었기에 지금의 내가 존재하는 것이 아닌가 싶다.

결혼 5년의 신혼을 접고 아들 네 살 때에 데리고 나가서 '창신상회'라 상호의 간판을 걸고 39년 5개월 동안 하던 가게 문을 닫을 때 섭섭함과 아쉬움보다 이곳에 매어있는 삶에서 벗어나고 싶은 욕망이 더 컸던 것 같다. 무엇을 하고 싶은 것이 있는 것도 아니었지만 지금부터 다른 알찬 내 인생 살아보자 생각했다. 오후 집에 오는 길이 허전하고 모든 것을 다 잃어버린 것 같은 마음에, 무거운 발걸음에 깊은 숨을 토해냈다. 나는 피곤함에 쓰러져 잠을 잤다. 얼마를 잤는지 깨어 시계를 보니 한 시를 가리키고 있었다.나는 생각했다 몸이 나를 알려주는구나. 오랜 습관이 나를 일어나게 하는 것을 느끼며 쓴 웃음을 웃었다. 나는 안 일어나도 되는 현실이 얼마나 좋은지 이불 속이 이처럼 포근하고 따뜻한지 너무 행복해서 내가 이렇게 행복해도 되나 싶었다. 나는 평일미사에 가려고 준비하면서 새로운 인생을 사는 것 같아 생활의 변화에 흥분되고 설레인다.

일주일 쯤 지나니 시간 활용을 어떻게 해야 할지 많은 시간에 당황해지기 시작했다. 여행을 떠날까? 엄두가 안나 노래교실을 찾았다. 어수선한 분위기에 그만두고 수영장 가니 거기서도 어울리지 못하고 그만 두었다. 어디고 적응 못하는 내가 별종인가 싶었다. 매일 새벽미사에 가고 책을 보며 많은 생각을 했다. 하는 일 없이 시간만 낭비하고 내 자신이 한심하기까지 했다. 후회도 되었다. 장사를 더 할걸 고민을 하고 있는데 구역장이 찾아와 내일 자기와 함께 삼성산 성지에 피정을 가자고 했다. 나는 너무 반가워 찾아 주워 고맙다고 인사까지 했다. 1박 2일의 피정인데 내 생전 처음 하는 피정이었다. 넓은 강당에 그곳에 온 신자 숫자가 천 명은 되는 것 같았다. 음악을 담당한 이는 고복수씨의 아들 고영수씨가 하고 있었다. 전국에서 왔다는데 참 대단한 광경이다. 이런 곳은 처음이라 딴 세상에 온 것 같았다. 잔잔한 음악이 흐르며 피정이 시작 되는데 많은 사람이 강당에 꽉 찼는데도 숨소리도 안 들릴 정도로 고요하다.

나는 피정을 마치고 돌아오면서 신부님의 강론을 되새기며 지금까지 신앙인으로의 삶을 살지 못했음을 절실히 느끼며 올바른 신앙인이 될 것을 다짐했다. 집에 와 나는 오래도록 묵상하고 기도했다. 나는 매일 새벽미사에 참례하고 불광동 꽃동네, 프란치스코회의 봉사를 하며 이웃을 모르고 산 삶에 미안해했다. 보람도 있고 도움을 받고 사는 사람들이 이렇게 많은 줄 몰랐다. 우리 구역에서 신자들이 찾아왔다. 구역장을 맡아주었으면 해서 왔다며 거절하지 말란다. 일복이 터졌다. 구역장을 맡아 일을 익히며 최선을 다하니 신부님의 칭찬도 듣고 즐거운 마음으로 생활하니 시간 가는 것 느낄 새도 없고 하루하루가 행복했다. 일요일 미사를 드리고 나오는데 이웃 자매가 자기네 레지오에 입단해 달라며, 형님

한테 어렵게 부탁드리는 것이니 거절하지 말고 회합에 참석해 달라고 한다. 레지오에 입단하여 3년 동안 레지오 봉사를 하며 서기를 맡아서 책임 있는 일을 했다. 1년도 안 되어 단장을 하라고 해서 아무것도 모르고 서기도 이제 익혔는데 시간보다 실력이 안 된다며 거절하니 주님이 시키시는 것이니 말 들으란다. 꾸리아 단장까지 부탁하는데 승낙하고 정말 주님이 공부 하라고 기회를 주신 것인가 하는 생각이 들었다. 직책을 맡고는 단장의 직책과 단장이 지켜야 되는 모든 것을 교본을 보며 공부했다. 열정을 갖고 열심히 하니 단원들도 거부감 없이 오히려 칭찬해 주니 안도의 숨이 나온다. 무슨 일이든 최선을 다하여 열심히 하니 자신감도 생겼다. 신앙도 더 깊어지고 구역장과 단장도 잘 해나가니 몸은 힘들어도 보람 있고 내가 이런 대접을 어디 가서 받겠으며 이런 기회가 언제 또 오겠는가 싶었다. 나는 바쁜 중에도 신, 구약 성서를 모두 필사했고 레지오 교본도 필사했다. 참 열심히 살았다. 나는 나를 칭찬해 주고 싶다. 성녀 데레사께서 이런 말씀을 하셨다. "매 순간 단순하게 살지 않으면 인내심을 갖기가 어렵다. 과거와 미래를 곰곰이 생각하기 때문에 실망하고 두려움을 느끼는 것이다."라고 하셨다. 지금 별내로 이사 와서 머리 염색도 하지 않고 성경반에 들어 성경 공부하고 미사만 참석하고 있다.

태어날 때는 축복 속에 태어났음을 알고 부모님께 감사를 드리면서 가련다. 이제는 이 세상을 떠날 때에 가족의 애도 속에 나는 웃는 모습으로 떠날 수 있는 편안한 나였으면 하는 것이 나의 바람이다. 또 하나의 바람이 있다면 이 세상에 너무 오래 있지 않았으면 좋겠다.

하느님을 믿으며

모든 것이 귀찮고 꼼짝 않고 누워있고 싶을 때가 있다. 때로는 내가 '하느님을 왜 믿어야하나?' 하는 질문을 할 때도 있다. 나는 종교를 내 스스로 선택한 것이 아니다. 가톨릭 신앙의 집에서 태어났기 때문에 종교생활을 하게 되었다. 따라서 하느님의 존재에 대해서도 깊이 생각해 본적 없이 부모님 따라 믿어 온 신앙이 전부였다. 지금은 아니다. 부모님께서 올바른 신앙을 나에게 가르쳐 주심에 진심으로 감사드리며 하느님의 현존을 깨닫고 말씀과 성서를 통해서 하루하루를 살아가고 있다.

3월은 사순시기로 예수님께서 부활을 준비하시는 기간이다. 예수님께서는 인간의 이기심과 탐욕으로 십자가에 못 박혀 돌아가셨다. 예수님께서는 우리 죄를 대신해서 생살이 찢기는 아픔과 고통을 참아내시며 십자가에 못 박혀 돌아 가셨다. 나는 이 수난 시기에 절제된 음식을 취하며 생활도 검소하게 하려고 노력한다. 예전의 어르신들은 이 시기에는 결혼식도, 집안의 행사도 미루거나 앞당겨 치르고 극기로 묵상하며 기도를 봉헌하는 기간으로 지내셨다. 지금도 믿음이 강한 분들은 십자가의 기도와 참회하는 기도로 보내시는 분이 많다. 우리 천주교 신자들에게 이 기간은 1년 중 가장 고뇌하고 침묵하며 주님을 기리며 기도한다.

나는 성당에서 활동을 하던 중 다양한 경우를 보았다. 어떤 자매는 자식의 진학을 위해 백일 기도회에도 들고 미사도 봉헌하면서 열심히 생활 했는데 결과가 안 좋게 되었다. 그분은 그대로 냉담하였고 나는 그것을 보면서 안타까워했던 적이 있었다. 나는 지나친 기복신앙은 자제해야 한다고 생각한다. 아이가 반짝이는 칼끝을 보고 신기해하며 달라고 떼를 쓸 때 그것이 위험한 것임을 아는 부모는 아이가 아무리 떼를 써도 주지 않는다. 우리가 주님께 청하는 기도를 안 들어 주신다고 냉담하거나 신앙생활을 소홀히 해서는 안 된다. 지인 한 분이 성경공부를 아무리 해도 말을 잘못해서 전교를 할 수 있게 말씀의 은혜를 주십사고 간절히 기도를 했는데 말씀의 은혜는 안 주시고 신경통만 있어 다리가 안 좋았다고 한다. 그런데 어느 날 몸이 가볍고 다리도 안 아프고 신경통이 말끔히 낳았다며 주님은 우리에게 필요한 것을 주시지, 청한다고 다 들어주시는 분이 아니라는 말씀을 듣고 수긍한 적이 있다.

우리는 평상시 겸손과 사랑하는 마음으로 살면서 올바른 기도를 해야겠다고 다짐했다. 내 기도가 무엇인지 얼마나 노력하고 최선을 다했는지 깊이 생각하고 반성해야 한다고 생각한다. 내 삶에 내 기준에 매달려 하느님께 청 할 것이 아니라 하느님께 내 모두를 내 맡기는 삶이어야 함을 느낀다. 내 뜻대로가 아니라 기도로 항상 기도하는 마음으로 생활하면 그것이 참된 신앙인이라 생각한다.

사순절은 우리 신앙을 깊은 차원에서 돌아보고 우리가 신앙을 내세워 추구했던 욕망을 성찰하는 시간을 갖고 묵상해야 된다고 생각한다. 금년에는 코로나19로 미사도 성사도 못 드리고 방송으로 대신하고 있다. 어서 빨리 코로나19가 끝나기를 기도로 주님께 간절히 간구 드린다.

황혼의 삶

    나는 아침 다섯 시에 알람 시간에 맞추어 일어난다. 오늘도 반복되는 일과를 시작하며 무사히 보람찬 하루가 되기를 바라면서 아침 기도를 주님께 먼저 바치고 성모님께 의탁하는 기도를 드린 다음 가벼운 마음으로 하루를 시작한다. 이런 일상을 75년 동안 해왔다. 숫자를 헤아리니 참 많이 산 것 같다. 생명의 주인이신 하느님께 간절함 마음으로 기도를 올린다.

    "하느님 아버지, 건강도 주시고 평안도 주심에 항상 감사한 마음으로 기도드립니다. 언제까지 이 세상에 있어야 하며 무엇을 하며 남은 생을 보람 있게 뜻깊은 삶을 이어가나 곰곰이 생각해 보지만 머리에 떠오르는 길이 아무것도 없습니다. 부족하지만 열심히 살겠습니다."

    내 나이 때에 어머니는 치매로 애기가 되어 우리를 힘들게 하셨는데 온전한 정신으로 건강한 것도 다행으로 알고 안도하지만 몸이 가볍지 않고 무겁고 아플 때는 자식들에게 짐이 될까 염려되며 초조해지기도 한다. 언제나 당당하게 슬기와 지혜를 갖춘 나로 살아 보려하지만 인격을 갖춘 삶이 어렵고 힘든 삶인지 새삼 깨닫는다. 그저 이 세상을 떠나는 날까지 가족에게 피해주지 않고 짐이 되지 않는 생을 살다가 조용히 떠나고 싶다.

오늘도 참 삶이 어떠한 것인지 묵상해본다. 주님 안에서 벗어나지 않고 그분 안에서 그분 뜻대로 살다가 오라하시면 "예" 하고 갈 수 있도록 항상 준비하면서 살아야겠다.

이상적 세계에 대한 동경

장석영
이야기가 있는 문학풍경 대표

1. 나는 학생이다

중국의 대표적 지식인으로, 노벨문학상 후보에 네 번이나 올랐던 왕멍王蒙은 '나는 학생이다.'라는 그의 저서에서 자신의 능력으로는 아무 것도 할 수 없었던 궁극의 한계 상황에서도 배움의 끈을 놓지 않고 학생의 신분으로 살아온 것을 자랑스럽게 여긴다고 했다. 그에게 학생은 특정 신분이나 계층적 지위를 의미하는 것이 아니다. 학생은 자신의 인생관이며 세계관이자, 본인의 성격과 감정의 세계를 유기적으로 결합시킨 단어이다. 그는 교도소에서, 잠을 자면서, 심지어 죽는 순간에도 공부 할 수 있어야 한다고 강조한다. 그는 일생동안 한순간도 주어진 시간을 허투루 보내지 않고 배움에 정진했으며 끊임없이 공부를 하였다. 이 책을 저술할 당시 그의 나이가 70이었으니 학습에 대한 열정이 어느 정도인지 충분히 이해가 간다.

우리네 삶은 배움의 연속이다. 세상을 살아가기 위해서는 끊임없이 무언가를 배우고 새로운 경험을 쌓는 일이 중요하다. 배움은 미지의 세계와 소통할 수 있는 기점이고 새로운 세상에 도전하는 강력한 에너지원이다. 배움은 남녀노소 나이를 불문하고 모든 계층, 모든 단계에서 끊임없이 이루어지지만 나이가 들수록 더욱 절실하게 필요한 것이 사실이다. 문화센터를 찾는 많은 사람의 공통점은 그들은 이미 무엇인가 배우는 일에 익숙해져있다. 그들은 단순히 글 쓰는 일을 넘어 무엇인가 새로운 일을 찾아서 하는데 서투르지 않다. 배움은 몸에 적응된 운동선수의 근육과도 같아서 일상의 어떤 상황에서도 순간적으로 대처할 수 있는 지혜를 발현하게 된다. '배움의 길은 끝이 없다.'는 말은 내가 모르는 것이 여전히 많다는 뜻이며 인간의 유한성을 잘 드러내는 말이기도 하다. 그래서 사람들은 스스로 부족함을 느끼면서 깨달음을 얻고자 부지런히 배움의 문을 두드리는 것이다.

수필가 권병애는 나이 80 가까이 되어 문학의 길에 들어섰다. 권 작가는 신앙심 깊은 가정에서 태어나 어릴 적부터 종교와 문학에 관심이 많았지만 여러 남매의 맏이로 일정 부분 가사에 도움을 주어야 했고 결혼을 해서는 아이들 양육과 사업을 하는 과정에서 잠시 꿈을 접게 된다. 특히 기울었던 가정을 일으켜야 하는 막중한 사명감 앞에서는 앞뒤 돌아볼 겨를 없이 바쁘게 살아야했다. 늦게나마 문학의 불씨를 다시 점화하게 된 계기는 아이들의 성장과 사업을 정리하면서 얻게 된 생활의 여유에서였다. 나이 80 즈음에 글쓰기 공부를 시작 한다는 것이 결코 쉬운 일은 아니었지만 그는 인생의 마지막 꽃을 피우기 위한 도전이라 생각하고 최선을 다했다. 그는 자신 있게 본인 스스로가 학생임을 드러내고 그에 대한 노력을 게을리 하지 않는다.

드디어 그의 인생 역정이 책으로 출간된다. 이번에 발간하게 되는 수필집 '세 분의 어머니'는 자신이 살아온 지난 삶과 앞으로 전개될 인생 여정 중에서 종교적 신앙관을 차분하면서도 진솔하게 그려냈다. '세 분의 어머니'는 총 4부로 인생 이야기를 담고 있다. 어둠 속에서 세상 밖으로 나온 그의 이야기를 하나하나 펼쳐보도록 한다.

2. 기도에서 기도로 살아가는 삶

제1부는 권 작가 자신의 인생 역정을 술회한 내용이다. 대표작으로 '내 이름은 할머니'를 꼽을 수 있는데 이는 한 사람의 인생을 생의 주기에 따라 바뀌는 호칭에서 찾아간다. 여러 호칭 중에서 가장 어색했던 이름은 새댁이었다. 갓 결혼한 여자에게 붙여지

는 새색시는 모든 것이 낯선 환경에서 일일이 새로 적응해야 하기 때문에 여간 불편한 것이 아니었을 것이다. 그럼에도 작가는 점차 익숙해지고 시간이 흐르면서 아줌마, 애기 엄마를 거쳐 지금은 할머니로 편안하게 살아가고 있음을 고백한다.

이 작품은 단순히 호칭의 변화에서 오는 좌절이나 탄식을 말하기보다는 현실보다 나은 삶을 가꾸기 위한 의지와 이상세계에 대한 동경을 담고 있다. 젊은 시절에는 새댁이라는 호칭을 통해서 순수와 열정, 사랑의 숭고함을 표현했다면 나이 들어서 얻게 된 노인은 온갖 번뇌로부터 벗어나 삶에 대한 깨달음을 알게 되었다는 사랑의 완성 단계로 그 의미를 정리했다. 그러면서 세상살이의 진리는 아주 먼 곳에 있는 것이 아니라 평범한 일상으로부터 오고 있음을 설파하고 무엇이든지 지나친 것은 모자란 것만 못하다는 과유불급過猶不及의 지혜도 함께 되새긴다. 일상적 행위에서 반성과 성찰의 계기를 찾아가며 꾸밈없는 솔직한 고백으로 잔잔한 감동을 전해 준다.

지금 내 이름은 할머니다. 길 가다가 뒤에서 할머니 하고 부르는 소리가 들리면 내가 아닌 줄 알면서도 뒤돌아보게 된다. 인생이 흘러가는 대로 내 호칭도 바뀌어 짐을 느끼며 지나간 시간은 절대로 돌아오지 않음을 알기에 이제는 있는 듯, 없는 듯 조용히 노인답게 품위 있게 늙어가려고 모든 것을 내려놓고 살아가고 있다. 슬기롭고 따스하고 인자로운 노인으로 살고 싶은 나의 바람이고 소원이다. 부드러운 말과 편안한 모습, 어떤 상황에서도 유머로 답할 수 있는 재치 있는 나였으면 좋겠다. 이런 모습이 오랜 생활 습관과 자기 자신에게 영향에 미치는 것임을 알기에 지금부터라도 꾸준히 노력하여 닮고 싶은 어른으로 기억되고 싶다.

- 《내 이름은 할머니》중에서

제2부에서는 작가 자신에게 현재가 있기까지 많은 도움을 준 인연 가운데서도 가족을 중심으로 한 사랑이야기를 주로 다루었다. 작가는 자신에게 주어진 일을 긍정적으로 받아들이고 힘든 일이 있을 때마다 기도를 통해서 삶의 어려움을 극복하고자 하는 구도자적 자세를 형상화하고 있다. 이 책의 제목이기도한 '세 분의 어머니'를 통해서 자신의 성장 과정은 물론 자신이 의지하며 살아가는 데 필요한 정신적 쉼터로 마음의 안식을 얻고 있다.

한 여성이 어머니가 된다는 것은 고통과 희생을 전제로 시작된다. 출산과 양육의 전 과정이 그렇고 성장 이후의 삶에서도 끊임없이 이어지는 내리사랑이 그러하다. 하지만 어머니는 희생자이면서 동시에 창조자이기도 하다. 어머니 사랑은 무한에서 무한으로 이어지는 헌신적 사랑이기에 사람이 사람에게 베풀 수 있는 최고의 사랑이라 할 수 있다. 그기에 어머니로부터 사랑을 받고 자란 우리는 어머니의 품을 정신적 고향으로 생각하게 되고 즐거울 때

나 슬플 때나 어머니를 떠올리며 희락喜樂을 함께 한다.

권 작가는 '세 어머니'를, 자신을 낳아 주신 어머니, 남편을 만나 맺어진 시어머니, 영적 성장을 주신 성모님으로 구분한다. 자신을 낳아주신 어머니는 이 세상에 육체만 있게 해준 존재가 아니고 여러 빛깔의 물감처럼 다양한 꿈을 전해 주었음에 감사한다. 특히 고운 마음씨를 주셨기에 세상을 바로보고 정의롭게 살아갈 수 있었다고 술회한다. 시어머니는 태어나고 자란 성장 배경이 다른 만큼 많은 부분에서 서로 의견이 맞지 않을 때도 있었지만 더욱더 겸손한 자세로 시어머니를 섬기다보니 어느 순간부터 적극적으로 도와주시고 응원해 주셔서 정도 이상의 도움을 받았다며 감사의 마음을 전하고 있다. 마지막으로 성모님에 대해서는 삶이 힘들고 고통스러울 때마다 안겨서 울고 웃기를 반복하는 가운데 절대적 사랑을 알게 되었음을 고백한다. 성모님께서는 자비의 마음을 알게 하였고 자식을 위해 희생하고 모든 것을 내어주신 어머니의 참 사랑을 느끼게 하였다. 이제는 성모님 계신 곳이 최후의 피난처임을 알게 되어 끊임없이 기도를 올린다고 했다.

나에겐 세 분의 어머님이 계신다.
나를 낳아 준 어머니, 남편을 만나면서 맺어진 어머니, 내 영혼의 어머님이다. 나는 이 세 분의 어머니를 모시면서 그 분들이 살아계실 때에는 어머니를 모시고 산다는 개념도, 잘해드려야겠다는 마음도 없이 나에게 필요할 때에 해주시기만을 바라고 살았다. 하지만 지금 그분들을 떠올리면 마음이 아프고 미안하고 죄스러워 머리 숙여 용서를 청해보아도 아무 소용이 없음을 안다.

나를 낳아준 어머니는 온순하고 조용하며 순종형이시다. 나의 시어머니는 반대로 급한 성격에 속상한 일이 생기면 화를 내면서 물건도 집어던지며 화가 풀릴 때까지 무어라 야단을 치는데 처음에는 당황하고 어떻게 대처를 해야 할지 몰라 멍하니 지켜만 보고 있었다. 세 번째 어머니 성모님은 내가 속상하고 힘들 때면 찾아가 하소연하며 도와주십사고 애원하며 어머니를 힘들게 해 드렸다. 한참을 울면서 어머니를 부르며 올려다보면 어머니는 인자한 눈으로 잔잔한 미소를 띠며 내려다보시는 것 같아 격한 감정이 나도 모르게 가라앉으며 내가 내 자신을 정리해본다.

- 《세 어머니》 중에서

제3부는 작가의 종교관 중에서 자신의 영적 성장을 키우기 위해 부단히 노력한다는 내용으로 정리했다. 권 작가는 어머니의 태안에서부터 신앙을 물려받았을 정도로 신심이 깊다. 그 흐름은 후손에게까지 이어지고 있다. 대표작 '세월에 삶을 싣고'는 나이가 들어서도 주님께 다하지 못한 일상의 잘못을 깨닫고 그 아쉬움을 고백하는 작품이다. 그럼에도 자신의 인생 역정을 조건 없이 사랑

해 주시는 하느님에 대한 그리움이 잘 전달되고 있다. 세상일을 감사와 기도로 보내면서 지극히 평온해진 심정을 온전히 드러내고 있다. 교만과 자신감으로 현실 파악을 하지 못하고 거칠게 살아온 지난 삶의 회한을 정리한 내용도 포함되어 있다. 평범한 일상 속에서도 절대자에 대한 깊은 사랑을 섬세하게 포착해 낸 작품이라 할 수 있다.

인간은 본디부터 나약한 존재로 태어났기에 늘 이상향을 꿈꾼다. 이것이 곧 인간의 본능인지도 모른다. 그래서 많은 사람은 이상향을 아주 높은 곳에 아주 먼 곳에 있을 거라 생각한다. 하지만 권 작가가 생각하고 있는 주님의 이상향은 멀리도 높지도 않은 현실 안에 있음을 깨닫는다. 그리고 그 현실 안에서 찾을 수 있는 지극히 아름다운 인간적 사랑을 좇아간다. 상상과 현실을 조합한 멋진 세상을 주님 안에서 그려가고 있는 것이다.

이제는 그동안 갖지 못한 것, 잃은 것에 대한 생각으로 마음 아파하지 않고 그동안 얻은 것 받은 것 누려온 것만 생각하며 그때의 행복에 감사하는 마음을 담아 좋았던 일 행복했던 순간들을 떠 올려 보아야겠다. 언제 어떻게 나에게 종말의 순간이 와도 겸허히 받아드릴 수 있도록 현재의 삶을 지혜와 배려로 슬기롭게 살 것을 다짐한다. 이 세상에 방랑자로서 세월이 가는 데에 밀려 여기까지 오는 동안 많은 일을 겪었다 생각했는데 글을 쓰면서 돌아보니 가슴 벅찬 일도 따뜻한 일도 많았음을 느낀다. 나의 인생은 내가 만들어 감을 느낀다. 사람을 사랑하고 사랑의 눈으로 세상을 보며 인색하지 않은 삶을 살 것을 다짐한다.

-《세월에 삶을 싣고》중에서

제4부는 신앙생활 중에서도 기도를 중심으로 한 내용을 선별하여 정리했다. 과거나 현재에 종교를 가지고 있는 사람에게 기도는 선택이 아닌 필수이다. 모든 사람이 똑 같은 내용으로 기도를 하는 것은 아니지만 자신이 염원하는 바를 절대자에게 빌어본다는 것은 거의 같다고 볼 수 있다. 하지만 기도는 무언가 욕구를 청하기도 하지만 자신의 잘못된 행동을 잡아가기도 하고 때로는 미래에 대한 꿈을 간구하기도 한다.

권 작가의 작품 '내 삶의 일기'는 나이가 들어 우선적으로 해야 하는 일이 무엇인지를 깨닫고 그에 대한 삶의 방식을 펼쳐 보인다. 작가는 인생 전반에서 고독과 좌절을 느낀 적도 있었지만 오히려 노인의 삶에 있어서는 그러한 고독과 좌절을 스스로 어루만져주고 매사 관용의 마음을 담아 표현해야 된다고 설명한다. 종교를 표상하는 이미지는 '사랑'이라는 추상적 개념을 떠올리기 쉽지만 권 작가는 '따뜻함'이라는 촉각적 이미지로 변화 시켜 현실감을 더욱 가깝게 느끼게 한다. 물건은 어떤 종이에 싸느냐에 따라서 차별화가 드러나듯 한 사람의 인생 역시 자신의 이미지를 어떻게 가꾸느냐에 따라서 노년의 품격이 달라진다고 말한다. 서사적 이야기를 통해서 작가의 심리를 정확하게 전달하는 구조로 주제를 살려간 점이 돋보인다.

세월이 흐르면서, 기억 속에 남아있는 무언가를 무심결에 꺼내어 생각하는 버릇이 종종 있다. 살아오면서 느꼈던 좋은 감정뿐만 아니라 좋지 않았던 감정까지도 어느 때는 내가 세상을 살아갈 이유와 살아야 할 힘이 되기도 한다. 사람으로 태어나 세상을 살아가는 일은 그렇게 호락호락하지만은 않다. 끊임없이 나를 들여다보고 내 안의 결점이 무엇인지를 찾아서 내가 바로 서기를 주저하지 말아야 하며 주어진 시간 속에서 타인과 공유하며 살아가고 있음을 감사하게 생각해야 한다. 우리는 살아가면서 삶을 어떻게 살아가야 하는지가 매우 중요하다. 같은 종이지만 생선을 쌌던 종이는 비린내가 나고 향을 쌌던 종이는 향내가 나는 것처럼 사람도 인생을 어떻게 살았느냐에 따라 향내가 다를 것이다.

-《내 삶의 일기》 중에서

글을 쓰기 위해서는 많은 소재가 필요하다. 하지만 사람에 따라서는 평범한 소재를 멋진 이야기로 만드는 사람이 있고 좋은 소재를 가지고도 일상 뒤편에 밀려 글을 만들지 못하는 사람도 있다. 권 작가는 아주 작은 것 하나까지도 소홀함이 없다. 오히려 그는 작은 글감을 현미경으로 들여다보듯 섬세하게 관찰하고 분석하여 글로 연결하는 능력이 돋보인다. 그가 관심을 갖는 글의 소재는 희비애락喜悲哀樂이다. 세상을 살다보면 꿈에 부푼 희망도 있지만 아픔과 고뇌도 있다. 사람들은 아름다움보다는 고통과 고뇌속 감정을 여러 사람과 공유하기를 희망한다. 세상 살아가는 일이 좋은 일보다는 아픈 일이 더 많다는 얘기일 게다. 권 작가는 희비애락 중에서도 상대의 아픈 감정을 건드리지 않고 한과 슬픔을 멋지게 표현하고 있다.

시시때때로 떠오른 단편의 생각을 모아 정리한 글도 있다. 그의 작품 '황혼의 삶'은 일상적으로 반복되는 행위 같지만 결코 반복되지 않는 기도에 대해서 얘기하고 있다. 하루의 시작이 주님께 바치는 기도로 시작해서 마무리를 성모님께 의탁하는 기도로 끝을 맺고 있다. 이런 일을 75년 해왔다는 데 실로 놀라움이 있다. 그가 전하는 생생한 기도가 머리에서 가슴으로 내려온다.

"오늘도 참 삶이 어떠한 것인지 묵상해본다. 주님 안에서 벗어나지 않고 그분 안에서 그분 뜻대로 살다가 오라하시면 '예' 하고 갈 수 있도록 항상 준비하면서 살기로 묵상해본다."

권 작가의 글은 시작과 끝이 온전히 기도문으로 정렬된다. 제대로 된 기도 한번 못하고 건성건성 살아가는 사람들에게 전하는 메시지가 아주 크다고 볼 수 있다. 어느 종교를 가진 사람도 기도를 할 때면 신과의 거래를 생각해서 하게 되는 경우가 있는데 기도는 타협이 아니라 자신의 구원을 위해 행하는 지성至誠이다. 권 작가는 매 순간 순수 열정으로 기도를 올린다. 기도는 한계에 맞 닥뜨린 인간의 간구에서 시작되어 영원하고 무한한 차원에 접속 하는 것으로 끝나는 내면세계의 정점이라는 것을 잘 이해하고 있 는 것이다.

내 나이 때에 어머니는 치매로 애기가 되어 우리를 힘들게 하셨는 데 온전한 정신으로 건강한 것도 다행으로 알고 안도하지만 몸이 가 볍지 않고 무겁고 아파올 때는 자식들에게 짐이 될까 염려되며 초조 해지기도 한다. 언제나 당당하게 슬기와 지혜를 갖춘 나로 살아 보 려하지만 인격을 갖춘 삶이 어렵고 힘든 삶인지 새삼 느낀다. 그저 이 세상을 떠나는 날까지 가족에게 피해주지 않고 짐이 되지 않은 생을 살다가 조용히 떠나고 싶다.

-《황혼의 삶》 중에서

3. 좋은 글, 좋은 말

우리가 사용하는 언어는 말과 글로 나누어진다. 이 둘은 사고와 의사 표현이 수단이라는 공통점을 가지고 있다. 하지만 이들은 개 인에 따라서 차이가 있다. 평소 말은 잘하는데 글재주가 없다고 하는 사람이 있는가 하면, 글은 잘 쓰는데 구변口辯이 없다고 말하는 사람도 있다. 그런데 글재주가 있는 사람이 쓰는 글은 다 좋은 글인지, 말재주가 있는 사람이 하는 말은 다 좋은 말인지에 대해서는 깊이 생각해 볼 필요가 있다.

좋은 글은 화려한 수식어로 치장하지 않는다. 어려운 단어를 무분별하게 사용하지도 않는다. 글쓴이가 자신의 생각을 독자에게 분명하게 전달할 수 있어야 독자는 글의 내용을 편안하게 읽어 내려갈 수 있다. 좋은 글은 청자빛 가을하늘에 한 떼의 뭉게구름이 유유자적 떠다니듯, 부드러운 물이 흘러내리면서 온갖 것을 희롱하지만 어느 것에도 막힘이 없듯, 글을 쓰는 사람과 읽는 사람 사이에 소통疏通이 자연스럽게 이루어지는 글이다. 소통은 어떠한 것이 막히지 않고 잘 통한다는 뜻이다. 결국 좋은 글이 되기 위한 중요한 요소는 필자와 독자와의 소통이라는 점을 알 수 있다.

권 작가의 글은 어느 한 부분도 막힘이 없다. 각 장마다 순수의 정이 넘치고 누구나 쉽게 접근할 수 있는 어휘를 사용하여 감동과 편안함을 함께 느낄 수 있다. 글을 쉽게 쓴다는 것은 사실 어려운 말이다. 그럼에도 쉽게 이야기를 정리 할 수 있었음은 글쓰기를 시작하는 많은 사람에게 본보기를 전해 준다. 부디 권 작가의 삶이 우리 생활의 한 장으로 연결되어 멋진 이야기가 되기를 소망한다.

세 분의 어머니

초판 1쇄 발행 2021년 2월 1일

지은이 권병애
펴낸곳 모바일북

등록 2013년 10월 18일 (제2013-000156066호)
주소 경기도 고양시 덕양구 화중로 130번길 14
전화 070)4685-5799
팩스 0303)0949-5799
전자우편 hohwalove@naver.com
ISBN 979-11-953578-9-5 03810